괜찮아,
인생의 비를
일찍 맞았을
뿐이야

일러두기

책 속에 등장하는 이름은 모두 가명임을 알려드립니다.

방황하는 10대 친구에게

괜찮아, 인생의 비를 일찍 맞았을 뿐이야

글 김인숙
시 남민영

프롤로그

나의 10대를 떠올리며

이 글은 모두 실화이며 주인공은 10대 청소년들이다.

누구보다 엄마, 아빠의 착한 딸과 아들이 되고 싶고,

학교에서 친구와 잘 어울리고 싶고,

담임 선생님에게 관심도 받고 싶은,

커다란 꿈을 안고 청소년기를 보내다가 잘못된 선택과 유혹으로 원하지 않는 결과를 안게 된 아이들이 이 책의 주인공들이다. 이들은 한동안 법원에서 보호처분을 받고 청소년 교육기관에서 지냈다.

얼마 전 CBS 라디오 음악방송에서 프로그램 DJ이자 탤런트인 강석우 씨가 〈나의 10대를 떠올리며〉라는 글을 읽어주었다. 그는 내가 하고자 한 말들을 너무 잘 전해주었다. 그 글을 싣는다.

오늘은 저의 중학교 3학년 때 이야기입니다. 저는 차분한 사람이기도 하고요, 정이 많은 사람이기도 하며 모범생의 이미지가 있습니다. 드라마를 통해서죠. 그런데 중학교 3학년 때는 그렇지 않았던 것 같아요. 사춘기를 겪었는데, 어른들이 보시기에 불량 청소년에 가까운 1년을 보냈습니다.
환경에 대한 결핍과 학교 생활에 잘 적응하지 못하는 소심한 소년이었죠. 저희 때는 삶의 환경이 썩 좋지 않아서 집에 들어가고 싶어 하지 않은 학생들도 참 많았습니다. 생활이 어렵고 학업도 마음대로 되지 않으니까 학교라든가 주변에 대한 불만이 가득했고요. 그런 친구들이 어떤 유혹을 받게 되면 쉽게 빠져들어서 좋지 않은 일도 하게 되고, 몰려다니면서 싸우기도 하고…… 그 시절 불량 청소년들 다수의 모습이었습니다. 저도 그렇게 휩쓸려 다니다가 잡히면 어머니가 꺼내주시기도 했죠. 저 때문에 낙담하시던 어머님의 모습이 가끔 떠오르곤 합니다.

요즘 TV에서 무서운 10대들의 범죄를 보도하는 뉴스를 보곤 하는데요, 그 '무서운 10대'라는 말에 저는 상당히 반감을 가지고 있습니다. 사실은 30대, 40대, 50대가 더 무섭죠, 범죄는. 그런데 왜 그 아이들에게 무서운 10대라는 굴레를 씌워서 사회에서 더 소외되도록 만드는가에 대한 아쉬움을 늘 가지고 있습니다.

청소년들의 모습을 보면 그 눈동자가 맑습니다. 보이는 행동만으로는 지탄을 받아야 되고, 범죄일 경우에는 벌을 달게 받아야 되죠. 그런데 내면에는 어른들이 주지 못한 사랑의 결핍, 지금 내 환경에 대한 불만, 또 어른들이 요구하는 수준만큼 따라갈 수 없는 나만의 벅참 등 다양한 감정이 섞여 있습니다. 그리고 그 나이 때에는 유혹에 약해서 게임을 하게 되고 담배와 술을 먼저 배우게 됩니다. 이런 것들이 모두 소외된 감정에서 오는 게 아닐까, 그런 생각을 아주 오래전의 저를 떠올려보면서 많이 하게 됩니다.

요즘도 길을 지나가다 불량 청소년으로 보이는 학생들이 모여 있는 것을 보면 저 아이들 마음에 얼마나 위로가 필요할까 하는 생각이 듭니다. 어른들이 아이들을 무섭다고 표현하며 야단칠 것이 아니라, 그럴수록 감싸주는 모습이 더 필요하지 않나 싶습니다. 어른도 살기 어려운데 학생들, 청소년, 사춘기 아이들은 얼마나 살기 힘겹겠습니까.

이야기가 마무리되면서 미국 민요 〈메기의 추억〉 선율이 흘렀다. 나는 라디오를 끄고 한참을 가만히 앉아 있었다. 예기치 못한 눈물이 뺨을 타고 내렸다. 10대 때의 나, '인숙이'가 떠올라서다.

아버지의 사업 실패,

무너져 내린 학창시절,

세상은 창문 없는 캄캄한 방,

그 방 모서리에 쭈그려 앉아 있는,

맑은 눈동자의 소녀, 인숙이.

내가 소위 '비행'이라는 딱지가 붙은 청소년들을 연민과 사랑으로 대하는 이유는 한 명 한 명이 다름 아닌 10대 때의 나, '인숙이'로 보이기 때문이다. 여기도 인숙이, 저기도 인숙이. 모두들 맑은 눈동자의 소년, 소녀들이었다.

"친구 따라 강남 간다."는 속담도 있듯 청소년기에는 친구가 너무 좋아 말과 행동을 모방하고 싶어 한다. 또한 이 시기에는 어느 때보다 친구의 말에 동질성과 동지애를 느낀다. 사회적으로 저명한 인사, 훌륭한 교육자, 자녀를 성공적으로 키웠다고 하는 어른들이 청소년들을 향해 흔히 하는 말들이 있다. 거기에는 어른들의 바람, 걱정, 의도가 담겨 있다. 그러나 아이들은 그런 복잡한 생각을 갖지 않는다. 그저 친구를 향해서 단순하게 지금 생각하고 느끼는 것을 이야기한다.

때문에 자기 경험을 통한 또래 친구들의 조언은 청소년 가슴에 강한 흡인력으로 스며들어 마음과 행동에 변화를 가져오리라 믿는다. 이 책을 쓰게 된 동기와 목적이 바로 여기에 있다.

책 속의 주인공들은 한때 유혹과 열정, 막무가내 용기로 방황하며 살았다. 어린 나이에 인생의 산전수전도 많이 겪었으며 하지 않아도 될 경험까지 했다. 그야말로 질풍노도의 시기를 유감없이 보냈다. 그래서 이들은 자기처럼 방황하고 있거나 앞으로 청소년기를 보낼 단계에 있는 친구들에게 자신이 경험한 실수를 반복하지 않길 바라며 아픈 상처를 보여준다. 자신을 돌아보며 내가 놀고 싶었던 그 순간, 친구가 불러내는 그 순간, 집을 나가고 싶었던 유혹의 순간에 이런 멘토가 있었다면 어땠을까, 하는 심정으로 또래에게 일러주고 있다. 그러므로 이들의 조언은 친구로부터 자신이 듣고 싶었던 이야기이기도 하다.

아이들의 멘토링은 이렇게 모아졌다. 언제나 1대 1로 만나서 그들 허락하에 들려준 사연을 모두 녹음하여 내용을 빠짐없이 워드로 친 후 꾸미거나 과장되지 않도록 정리하였다. 부족하더라도 아이들의 말투로, 그들 생각과 이야기를 담고자 했다. 거기에 첨가한 내용이 있다면 꼭 하고 싶었지만 미처 하지 못한 아이의 말을 대신해준 정도이다. 한 꼭지의 글은 한 번의 만남으로 완성될 수 없었다. 몇 번의 만남이 이어졌다. 때로는 여러 아이들의 일치된 점을 모았다. 예를 들면 '문신'이 그런 경우이다. 이때도 1대 1의 만남을 가졌다.

처음 아이를 만나면 항상 이렇게 접근했다.

"넌 지금까지 인생 경험을 많이 했잖아? 그런 걸 겪으면서 '또래 친구들에게 꼭 말해주고 싶다.' 이런 게 있을 것 같은데……."

질문을 받은 아이는 좀 생각해보고 다음에 말씀드리겠다고 하거나, 어떤 아이는 금방 답변을 주기도 했다. 마치 센터 생활을 하면서 평소에 깊이 깨달은 바를 기회가 되어 말하는 것 같았다. 한 아이가 '사소한 것에 행복을 느끼라'는 말을 전해주고 싶다 했을 때는 놀라웠다. 나는 그런 생각을 하게 된 아이의 구체적인 경험을 쓰고, 그 멘토링 내용을 절친한 친구 또는 가상의 친구에게 편지 형식으로 써보자고 제안했다. 감사하게도 모두들 진지하게 받아들였다. 간절함이 큰 어떤 아이는 가명이 아닌 실명을 밝히고 싶어 했다. 2년 동안 아이들과 함께 지낸 남민영 수녀의 기도 시는 어른들을 대표하여 아이들에게 전하는 미안함과 고마움의 표현이다.

이 책을 어른들이 읽게 되면 우리 아이를 이해하게 될 것이다. 내가 키우는 자녀가, 내가 가르치는 학생이, 우리 주변의 청소년들이 이런 말을 듣고 싶어 했구나, 하고 알게 될 것이다. 아이들이 들려주는 이야기는 우리 주변의 모든 청소년들의 소리가 될 수 있다.

10대 때, 내 곁에는 사촌 오빠가 있었다. 난 괴로울 때면 무조건 오빠를 찾아갔다. 오빠는 무슨 얘기든 잘 들어주었다. 그 힘으로 나는 일어날 수 있었다. 그래서일까? 나도 청소년들 곁에 사촌 오빠로 있고 싶다. 그들의 이야기를 마음으로 들어주고 칭찬과 격려를 해주는 한 사람의 어른으로 기억되고 싶다. 우리는 잊지 말아야 한다. 어른들이 한 아이의 말에 경청할 때 아이는 어른의 말에 귀를 기울인다는 사실을.

책이 나오기까지는 많은 분들의 수고와 인내와 사랑이 합해져야 함을 또 한 번 경험한다. 도움을 준 지인들과 한겨레출판 휴 가족들 그리고 누구보다 이 책의 주인공들에게 고마움을 전한다.

이 책을 이 땅의 모든 청소년들과 어른들에게 바친다.

김인숙

괜찮아,
인생의 비를
일찍 맞았을
뿐이야

차례

2부 괜찮아, 인생의 비를 조금 일찍 맞았을 뿐이야

1부……

내 이름을 다정하게 불러주세요

포기와
1승의 차이

내가 살고 있는 센터*에는 '54일 기도'라는 게 있다. 같은 장소에서 정해진 시간에 같은 기도를 54일 동안 매일 하는 거다. 룰도 있다. 혼자 기도를 하는 게 아니라 원하는 아이들이 모여 함께해야 하고, 하루라도 빠지면 안 된다. 그러나 예외는 있다. 그 시간에 단체 프로그램이 있거나 개인적으로 특별한 상황이 발생했을 경우에는 지도 수녀님의 허락을 받고 다른 시간에 기도를 하기도 한다. 수녀님이 도장을 찍어주는 것으로 출석 체크를 하는데 하루하루 도장을 받는 재미가 있다. 수녀님도 54일 동안 우리랑 같이 기도한다.

센터에 막 입소했을 때였다. 다음 달 1일부터 54일 기도를 다시 시

* 법원으로부터 위탁받은 청소년 교육기관(살레시오 청소년 센터, 마자렐로 센터).

작한다는 알림이 있었는데 이상하다 싶을 정도로 하겠다는 아이들이 많았다. 어렸을 때부터 호기심이 많던 나는 '저게 뭐야? 그냥 기도한다는데 애들이 왜 저렇게 몰리지? 나도 한번 해볼까?' 하면서 일단 신청했다. 알고 보니 아이들이 유난히 몰린 데는 이유가 있었다. 퇴소한 신혜 언니 때문이었다.

신혜 언니는 작년에 대입 검정고시 합격을 바라며 54일 기도를 마쳤다. 드디어 시험을 보고 돌아와 가채점을 한 결과는 58점, 불합격이었다. 언니의 실망은 너무 컸다. 눈이 퉁퉁 붓도록 울고 난 언니는 8월에 한 번 더 시험에 도전하기로 마음먹었다. 54일 기도도 다시 시작했다. 두 번째 기도를 시작한 지 26일쯤 되었을 때 합격자 명단이 나왔다. 그런데 그중에 신혜 언니가 있었다. 평균 61.8점으로 합격을 한 것이다. 지금까지 가채점을 했을 때와 실제 점수가 달랐던 적은 없었다고 한다.

내 소원도 검정고시 합격이었다. 처음 시작할 때는 호기심이 앞섰고 밑져야 본전이라는 생각이 컸다. 그러나 하루 이틀 계속하다 보니 기도가 주는 다른 좋은 점이 많았다. 우선 기분이 엄청 꿀꿀하고 우울하다가도 그 시간만큼은 마음이 편안했다. 한번은 기도하러 가기 전에 화가 나고 짜증 나는 일이 있었는데 정해진 30분을 보내고 나니 안 좋은 감정이 서서히 가라앉는 게 아닌가. 입소한 지 얼마 되지 않았던 나는 적응하기 힘든 기간에 아이들과 같이 기도를 하면서 센터 생활에 빨리 적응할 수 있었다.

물론 고비도 있었다. 센터 지하실에는 노래방이 있다. 난 노래 부르길 좋아한다. 그래서 점심을 먹고 나면 부리나케 노래방으로 달려가곤 했는데, 노래를 부르다 기도 시간이 되면 심하게 고민을 해야 했다. '아, 아쉽다. 갈까 말까 가지 마?' 숱하게 갈등하다가 어렵게 마음을 돌려 기도방으로 향한 게 한두 번이 아니었다. 가장 큰 고비는 검정고시가 끝난 후였다. 난 한 번에 붙었다. 합격을 바라며 기도를 시작했는데, 54일이 되기도 전에 소원이 이루어진 거다. 목표를 달성하고 나니 그만두고 싶은 마음이 굴뚝같았지만 끝까지 해냈다.

난 포기도 빠르고 끈기도 없는 성격이었다. 뭐든지 하지도 않으면서 바라기만 했다. 공부는 제대로 하지 않으면서 시험 점수가 높게 나오길 원했고, 음식을 계속 먹으면서 살이 빠지기를 바랐다.

카페에서 아르바이트를 한 적이 있는데 두 달쯤 되었을 때, 일어나기가 너무 싫어서 '오늘은 그냥 쉬자.' 하고 출근을 안 해버렸다. 매장에 연락을 해야 했으나 전화하기가 싫었다. 일어나서 보니 저녁 퇴근 시간이었다. 다음 날은 출근했다. 주인은 나에게 왜 안 나왔느냐고 냉정하게 물었다. 난 몸이 아파서 전화를 못 했다고 말했다. 그러자 다음부터는 꼭 전화해달라고 당부했다. 그 이후에도 나는 연락도 하지 않고 아르바이트를 빠졌다. 결국 눈치가 보여서 카페 일은 관둬야 했다. 적성에 맞아서 끝까지 다니고 싶었는데, 내 게으름으로 포기해 버린 것이다.

중도에 포기한 일은 또 있다. 지금 생각하면 운동을 그만둔 게 가장 아쉽다. 난 초등학교 때 100미터 달리기 육상선수였다. 그 많은 운동 중 달리기가 가장 재미있고 소질도 있었다. 중학교 1학년 때까지 육상선수로 계속 뛰었다. 그때는 공부도 제법 하는 편이어서 운동을 하며 학원을 다녔다. 근데 그곳에서 사귄 친구와 어울리다 담배를 배웠다. 옆에서 친구가 담배를 피우는 모습을 보고 호기심에 같이 피우기 시작한 것이다. 중독성이 심하다 보니 끊지를 못했다. 폐활량이 급속도로 떨어졌다. 등교하면 바로 가방을 교실에 놓고 운동장으로 나가 매일 100미터 달리기 기록을 쟀는데 폐활량이 떨어져 좋은 기록이 나오지 않았다. 결국 좋아했던 달리기 선수 생활을 관둬야 했다.

그랬던 내가 54일 기도를 무사히 마쳤다. 그런데 한 번 목표를 달성하고 나니 바라는 것이 많아졌다. 나는 한 번 더 시작했다. 지금은 두 번의 도전을 성공적으로 마치고 세 번째 54일 기도를 하고 있다. 세 번째 기도가 끝나면 퇴소를 한다. 센터 생활 6개월은 약 180일, 54일 기도를 세 번 하면 162일. 시간이 너무 빨리 지나간다. 한편으론 아쉽지만 마무리를 멋지게 하고 떠날 내 모습을 상상하면 진짜 뿌듯하다. 약속도 밥 먹듯 깨고, 싫증 나면 바로 포기했던 예전의 내가 아니다. 퇴소한 뒤에도 난 매일 도전할 것이다. 내가 꼭 하고 싶은 것을 찾을 때까지.

'최인! 54일 기도를 세 번이나 했는데 못할 게 뭐 있어?'

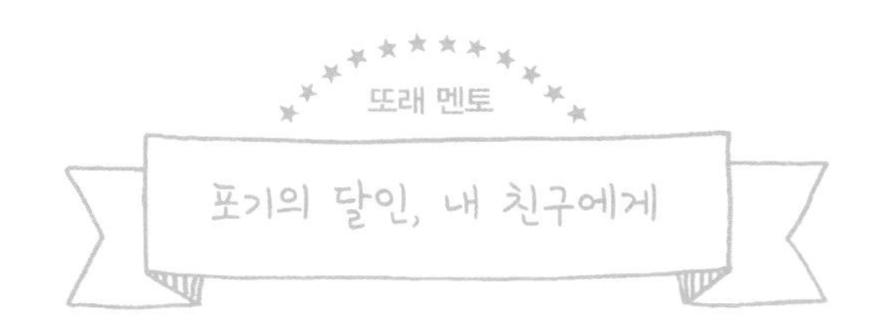

또래 멘토

포기의 달인, 내 친구에게

친구야!

난 원래 편지를 잘 못 써. 전할 말은 많은데 머릿속에서 뒤죽박죽이라 순서가 잘 맞지 않아. 그래도 꼭 내 경험을 전하고 싶었어. 친구야, 처음 쓰는 편지에서 너의 애칭을 '달·인'으로 지어봤어. 그 앞에 '포기'라는 수식어를 붙여서 '포기의 달·인!' 미안, 기분이 안 좋아도 참아줘. 한때는 내가 그 애칭을 달고 다녔거든. 서두가 좀 길었지? 그럼 본론으로 들어갈게.

친구야!

지난 11월에는 '제4회 소년보호기관 청소년 문화축제'가 있었어. 전국적으로 다섯 군데 소년보호기관에 사는 청소년들이 모여 공연을 하는 거야. 보호청소년들과 그 가족, 친지 그리고 손님들을 포함하여 약 700여 명이 참석했어. 우리에게 꿈과 용기를 심어주려고 전국 법원에서 마련해준 거야. 우리는 한 달 동안 준비한 끝에 무대 위에 올랐어. 댄스, 난타, 밴드, 뮤지컬, 합창 등 처음부터 끝까지 우리들의 무대였어.

그날 공연 중에 특별출연으로 '코리아 특급' 박찬호 야구선수가 나와서 우리에게 멘토링을 해주었어. 나도 한때 운동선수였잖아? 그래서 그분의 말 한 마디,

한 마디가 내 가슴을 뜨겁게 달궜어. 그분이 자기 경험담을 말해줬는데 그중 인상 깊었던 이야길 너와 나누고 싶어.

"우리는 자신의 선택에 의해서 지금 이 자리에 와 있습니다. 그게 억울하든 슬프든, 고통스럽든 기쁘든, 모든 상태는 그간 내가 선택한 것들에 대한 결과인 거죠. 나의 미래도 결국 내 선택에 의해서 결정될 겁니다. 여러분이 생각해야 할 것은 '그 선택을 어떻게 할 건가?', '무엇을 선택할 것인가?' 입니다. 나는 보통 머릿속에 상상의 스위치를 많이 만듭니다. '껐다 켰다' 하는 스위치 있죠? 그걸 늘 만드는 거죠. 첫 번째 스위치 이름은 절망, 두 번째 스위치는 두려움, 세 번째는 슬픔, 네 번째는 용기, 그 외에 믿음, 미소, 할 수 있어, 괜찮아 등등 여러 이름의 스위치들을 만듭니다. 그런 후 눈을 감고 주욱 둘러봅니다. 그 많은 스위치 중 지금 어떤 것을 올려서 켤까? 그리고 어떤 것을 과감하게 꺼버릴까? 매일 눈 감고 이 스위치들을 생각하면서 선택했습니다. 내가 항상 켜두었던 스위치는 바로 용기였습니다. 왜일까요? 미국에서의 삶이 너무 낯설고 두려웠기 때문이죠. 상대 선수를 아웃시켜야 하는 마운드 위에서의 두려움, 게임을 이겨야 하는 두려움, 한국 사람들에게 실망을 주지 말아야 하는 두려움. 두려움이 너무 많으니까 용기가 항상 부족했습니다. 그래서 용기란 스위치를 항상 켜야 했죠.

'용기 켜.'

'아냐, 오늘은 자신 없어.'

'아냐, 어서 켜.'

이렇게 자꾸 켜 버릇하니까 괜찮았습니다. 그러다 보니 자신감이 생겼죠."

친구야!

박찬호 선수는 우리에게 자신을 이기는 경험이 꼭 필요하다고 했어. 승리를 하기 위해서도, 이기는 경험은 반드시 필요하다고. 계속 지는 사람은 지는 게 습관화되어버린다고 말했어. 그 말을 들으니 예전의 내가 떠올랐어. 왜 난 자신에게 포기만 경험하게 했을까? 지면 쓰라려야 하고 아파해야 하는데 왜 당연하게 받아들였을까? 답은 이겨본 경험이 없었기 때문이었어. 만약 승리를 맛본 경험이 있었다면 '이번엔 왜 졌지? 이유가 뭘까?' 하고 생각했을 거고, 이기는 기쁨을 알기에 다시 도전하려는 노력도 했을 거야.

친구야!

난 이젠 변했어. 54일 기도를 끝까지 해내면서 승리의 기쁨을 알게 된 거야. 똑같은 기도문을 30분 동안 반복하는 기도. 처음에는 모르는 기도문을 외우는 게 신기했는데 중간쯤 되니까 졸음도 오고 지루했어. 나랑 같이 기도했던 미영이는 3일을 남기고 떨어져나갔어. 그런데 난 해낸 거야. 54일 기도는 하루가 중요해. 하루, 또 하루가 모여야만 완성되잖아? 나를 이긴 내가 너무 뿌듯했어.

친구야!

넌 늦잠이 많아서 지각을 자주 하잖아? 하루만 그 잠한테 이겨봐. 너의 목표를 단 하루로 정해서 1승을 해봐. 한 번 이기면 내일은 조금 더 쉬워지고 모레는 더 쉽고…… 그러면 넌 계속 이기는 사람이 될 거야. 그러다 어느 날 잠에게 지면 예전과 달리 넌 아파하고 쓰라려할 거야. 그러면 다시 이겨야겠다는 열망으로 용기란 스위치를 켜는 거야. '용기 켜.', '켜.' 자꾸 켜서 이기다 보면 버릇이 되고 자신감이 생겨서 또 다른 도전도 두렵지 않을 거야.

친구야!

난 처음에는 검정고시에 합격한 사실이 기뻤어. 기도도 검정고시 합격을 위해 시작했으니까. 하지만 나중에는 기도 그 자체가 좋아졌어. 그리고 무엇보다 나를 이겼다는 게 기뻤어. 포기는 또 다른 포기로 이어지고 1승은 또 다른 결실을 맺게 하는 것 같아. 내가 말했지? 난 세 번째 54일 기도에 도전 중이라고. 요즘 센터 친구들은 나에게 이런 말을 자주 해.

"너, 나갈 때 다 됐는데 54일 기도 뭐하러 또 해? 두 번이나 했잖아. 하지마."

그러면 난 그냥 웃고 지나쳐. 왜냐하면 난 이제 포기와 승리의 차이를 알게 되었으니까.

친구야!

이제 조금 있으면 너의 얼굴을 보면서 얘기할 수 있겠지? 새해에는 너랑 나랑 이런 말을 자주 하면서 살자.

"넌 할 수 있어."

"하루만 참아, 하루만."

"용기 켜."

아 참, 너의 애칭을 바꿔줄게. 나도 똑같이 지을래. 나랑 외쳐봐.

그대 이름은 '승 리 의 달 인'.

누군가 널 위해 기도하네!

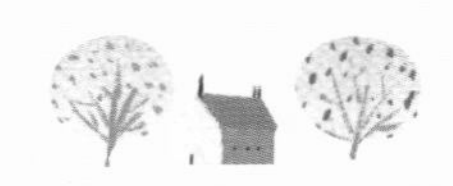

기도는
폭풍우 몰아치는 내 맘을 고요히 만들고
나 홀로 맞고 있는 소낙비 속으로 따스한 봄볕을 데려오고
'낙심'과 '두려움'의 불빛에 흔들리는 스위치를 끄고
'희망'과 '용기'의 스위치를 켜
내 맘을 환히 비춘다.

인생의 마라톤에서
이제 초반 레이스를 펼치고 있는 친구여!
'어제의 너'보다 '오늘의 너'를 향해 환하게 웃어줄 수 있도록
매일의 충실을 한 걸음씩 걸어가렴.

세상은
있는 그대로의 너를 사랑하고
네가 지닌 푸른 꿈을 응원한단다.
레이스(race)가 끝나는 그날까지!

내 이름을 불러줘

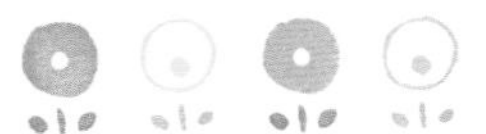

나는 이름 때문에 학교에서 겪은 아픈 상처가 있다. 내 이름을 불러주는 건 절친인 은비뿐이다. 아이들은 큰 덩치에 곧잘 뛰어다니는 나를 "콩콩아!" 하고 불렀다. 또 습관처럼 "아이고, 내 팔자야."라는 말을 달고 다닌 탓에 어느 순간부터는 '팔자'가 본 이름처럼 불리고 있다. 친구한테 맡겨놓은 물건을 잊어버리고 있다 문득 생각이 날 때도 "아이고, 내 팔자야.", 친구가 약속 시간보다 늦게 올 때도 "아이고, 내 팔자야. 널 어떻게 하면 좋니?"라고 말했다. 내 나이답지 않게 팔자라는 말을 누구한테 배웠을까? 전수자는 다름 아닌 우리 아빠다. 엄마가 없는 집에서 아빠는 요리를 자주 하셨는데 실패하면, "아이고, 내 팔자야.", 물건을 고치다가 뜻대로 안 될 때도 후렴처럼 "아이고, 내 팔자야."를 되풀이하셨다. 그런 아빠의 푸념을 나도 모르게 배워서 따라 하게 된 거다.

우리 학교는 남녀공학이었는데 교복에 이름표가 없었다. 그래서 선생님들은 출석부의 사진과 얼굴을 대조하며 학생들의 이름을 외웠다. 우리들도 자기 반이 아니면 서로 이름 알기가 쉽지 않았다. 그런데 어느 날 한 남학생이 나를 "뚱땡아." 하고 불렀다. 같은 학교 2학년인 희석이었는데, 나는 2반이고 그 앤 5반이었다. 처음엔 누굴 부르는지 몰라 돌아서서 "나?" 하고 물으니 "어, 너 이혜민. 뚱땡이." 라고 말하는 게 아닌가. 그 바람에 나는 안 해도 될 말까지 하고 말았다.

"나, 밥 많이 안 먹거든? 나도 이름 있거든? 그리고 나 별명 있어. 팔자, 콩콩이."

"아~알았어. 미안, 이제 이름 부를게."

그러더니 며칠 후 다시 복도에서 마주쳤을 때는 "야, 팔자야." 하고 불렀다. 나는 화를 참지 못하고 희석이가 제일 싫어하는 별명을 불렀다.

"야, 희동이."

만화 〈아기공룡 둘리〉에 나오는 희동이를 닮아서 붙은 별명이었다. 희석이가 눈을 부라리며 나에게 얼굴을 들이밀었다.

"나 희동이 아니거든?"

"네가 먼저 팔자라고 했잖아! 내 이름 불러주면 나도 그럴 수 있어."

희석이는 내 앞에서는 알았다고 했으나 돌아서서는 또 "팔자야~." 하고 소리치며 달아났다. 그때 수업 시작종이 울렸다. 열 받은 나는 종소리를 무시하고 5반 교실로 쫓아가서 문을 열고 소리쳤다.

"김희석, 나와. 너 내 이름 다시 불러봐."

그 반 아이들 모두가 나를 향해 고개를 돌렸다. 그런데 희석이는 또 한 번, "알겠다. 팔자야. 이팔자."라고 말하는 게 아닌가. 2학년 5반 아이들은 진짜 내 이름이 이팔자인 줄 알고 한꺼번에 마구 웃어 댔다.

학교에서는 매월 학년별로 봉사활동을 잘할 수 있는 사람을 뽑았다. 학생들에게 자기가 추천하고 싶은 학생 이름과 반을 쓰게 했는데 다른 반 아이를 추천하는 것도 가능했다. 이 달의 봉사자로 뽑히면 학교 주변을 돌면서 쓰레기를 줍고, 고양이나 강아지 시체도 치우고, 때론 흡연하고 있는 학생들 명단도 적는다. 이런 활동들이 모두 봉사 활동 시간으로 인정되어 봉사상도 받는다. 추천자 명단은 전체 조회가 있는 날 운동장에서 교장 선생님이 부르신다. 그날이 되었다. 호명하던 교장 선생님께서 "2학년 3반 이팔자." 하더니 웃음 가득한 얼굴로 한 번 더 마이크에 대고 "2학년 3반 이팔자가 누구냐?" 하며 구령대 위에서 학생들을 두리번거렸다. 나는 손을 들고 말했다.

"이팔자가 아니고 이혜민인데요?"

그러나 교장 선생님은 왼손에 든 종이를 흔들어 보이며 말했다.

"여기 명단에는 이팔자로 적혀 있는데?"

"그게 아니고 제 별명을 쓴 거예요. 제 이름은 이혜민이에요."

애가 타는 나와는 달리 교장 선생님은 갑자기 "하하하" 하고 크게 웃었다. 운동장에 모인 아이들도 반사적으로 똑같이 따라 웃었다. 정말 창피하고 그 상황이 짜증 났다. 울고 싶었다. 그러나 '여기서 울면 내가 지는 거다.' 하는 생각으로 이를 악물었다. 조회가 끝난 후 은비가 내 손을 붙잡고 교실로 데리고 와 달래주었다.

"신경 쓰지 마. 다 무시해버려."

"신경 안 써. 그냥 전교생 앞에서 내 이름을 이팔자로 불러서 화가 났을 뿐이야."

그때였다. 뜻밖에 희석이가 나타나서 나에게 사과를 했다.

"미안해. 나 때문이야. 내가 원인 제공을 한 거야."

가을 운동회 날을 하루 앞두고 나는 은비에게 도움을 청하여 작전을 세웠다.

"은비야, 나 좀 도와줘. 두꺼운 도화지와 물감 좀 준비해줘."

"뭐 하려고? 알았어. 물감은 내게 있고 도화지만 문방구에서 사 올게."

나는 큰 도화지 위에 세 줄로 "내 이름은 팔자가 아니고 이혜민이다"라고 썼다. 운동회 날 우리 반 옆에는 5반이 앉았다. 나는 그날 피날레인 이어달리기 계주로 뛰고 있었다. 멀리서부터 들려오는 아이들의 응원 소리에 귀를 막고 싶었다.

"팔자, 파이팅! 이팔자, 파이팅! 저기 두 번째로 뛰고 있는 애가 팔자예요."

가을 하늘을 휘젓고 있는 만국기도 '이팔자 파이팅!' 하면서 펄럭이는 것 같았다. 아이들 응원 소리에 오기가 발동한 나는 1등으로 골인선을 넘고 들어왔다. 그러고선 숨을 헐떡이며 희석이가 있는 2학년 5반 앞에 섰다. 친구 은비도 잽싸게 종이팻말을 양손에 높이 들고 내 옆에 나란히 섰다. 나는 악을 쓰듯 외쳤다.

"너희들, 잘 들어. 내 이름은 팔자가 아니고 이혜민이야. 이팔자가 아니고 이혜민이란 말이야."

외침은 여기서 끝나지 않았다. 나는 땀범벅이 된 얼굴로 운동장 중앙으로 돌진하여 구령대에 올라가 선생님이 들고 있는 마이크를 뺏었다. 아이들은 운동회를 마무리하는 중이었다. 나는 마이크에 입술을 바짝 대고 작정했던 말을 했다.

"저기요, 선생님들께는 죄송한데 한 가지만 말할게요. 2학년 3반 이혜민이 말합니다. 제 이름은 팔자가 아니고 이혜민입니다. 이제부터 저의 진짜 이름을 불러주세요."

운동회는 끝났지만 학교 생활은 계속되었다. 친구들은 여전히 나를 '콩콩이'나 '팔자'라고 부른다. 혜민이라고 불러주는 친구는 은비밖에 없다. 희석이도 다시 나를 '콩콩이'라고 부르니까 말이다.

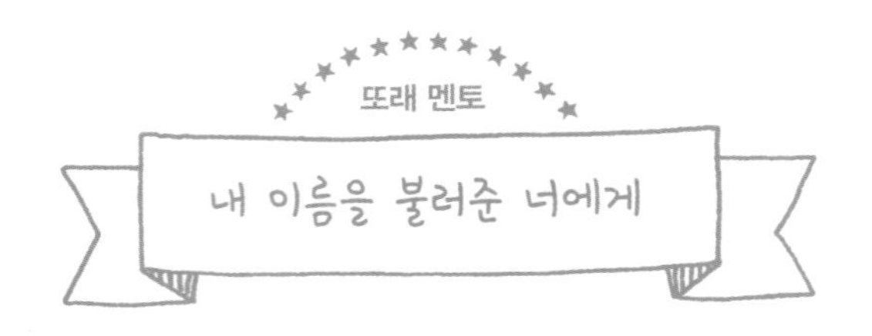

사랑하는 친구야!

너마저 내 이름을 불러주지 않았다면 나는 이런 생각을 했을 거야.

'나는 그 누구에게도 필요 없는 사람이고 투명인간일 뿐이야.'

우리 가족들 사이에서도 내 이름은 없었어. 아빠는 나를 언제나 "딸, 딸" 하고 불렀고 오빠는 "야", 남동생은 "누나"라고만 불렀어. 엄마가 계셨다면 내 이름을 불러줬을까?

친구야 생각나니? 중학교 3학년 때 말이야. 내가 그날 아침에 배가 많이 아팠잖아. 학교는 가야 하는데 배가 엄청 부풀어 올랐어. 아프면 우는 습관이 있었던 나는 그날도 펑펑 울고 있었어. 출근한 아빠에게 연락했지만 "바쁘니까 나중에 전화할게." 하고 끊었어. 오빠도 마찬가지였어. 할 수 없이 난 너에게 전화했어. 수업 도중인데도 전화를 받은 넌 "혜민아, 어디야? 많이 아파? 지금 내가 갈게." 하고는 곧장 달려와서 나를 병원에 입원시켰어.

그날 저녁 늦게서야 오빠가 병원에 왔어. 누워 있는 나를 보고 한 첫 마디는 "너는 만날 아프기만 하냐. 동생이라는 것이 걱정만 시키고……."이었어. "혜민아, 괜찮아?" 하고 말해주었더라면 그렇게 서운하진 않았을 거야. 아빠도 와서 잠깐 있더니 "딸, 괜찮지? 아빠 가도 되지?" 하는 거야. 그날 난 가족에게 소외감과 외로움을 참 많이 느꼈어. 지금도 기억해.

친구야!

어떤 어른들은 나를 "야"로 불렀던 것 같아. 그럴 때마다 나는 무시당하는 느낌, 내 존재가 사라지는 기분이 들었어. 사람들이 자신의 이름이 아닌 다른 이름으로 불릴 때의 기분과 느낌을 생각해봤으면 좋겠어. 나를 이혜민으로 불러주길 바란다면, 나 역시 그 사람의 소중한 이름을 불러줘야 한다고 생각해. 여기 센터에서 수녀님, 선생님들이 "안녕, 혜민아." 할 때 나는 진짜 행복했어. 이름을 불러주는 것은 그가 행복하길 바라는 마음을 전해준다는 뜻이라는 걸 그때 정말 처음 느꼈어.

친구야, 고마워!

네가 "혜민아." 하고 다정히 불러줄 때마다 내가 얼마나 행복하고 기뻤는지 넌 아마 모를 거야.

친구야, 누군가가 너를 "야!" 또는 다른 이름으로 부르면 너도 나처럼 당당히 말해야 돼. 나에게도 아름다운 이름이 있다고. 꼭!

내가 너의 이름을 부를 때

내가 너의 이름을 부를 때
우리의 만남은 시작된다.
내가 너의 이름을 부를 때
우리의 생명이 출렁인다.

가만히…… 가만히…… 다가가
그 존재의 이름을 부르면
꽃이 환하게 웃는다.
바람이 춤을 춘다.
바다가 시원하게 노래를 부른다.

오늘 내 곁에 있는 존재의 이름을
사랑의 마음 담아 부를 수 있기를
'나'는 '나'의 이름으로
'너'는 '너'의 이름으로
각자의 빛깔로 반짝이기를

네가 할 수 있는 그걸 꽉, 잡아!

센터 생활을 마치고 퇴소하던 날, 이런저런 생각이 참 많이 스쳤다. '밖에 나가서 잘할 수 있을까? 아빠랑 떨어져 지낸 시간이 길어서 함께 살 때 어색하면 어떡하지? 다시 센터로 들어가야 하나?' 이 생각까지 하면서 왠지 모르게 슬퍼졌다. 그럼에도 가고 싶은 곳에 가고, 머무르고 싶은 곳에 머무를 수 있는 이 평범한 자유를 다시는 빼앗기고 싶지 않았다.

1년 전, 나는 분류심사원*에서 센터로 옮겨왔다. 이곳에서 6호 처분 기간인 6개월을 무사히 마치고 퇴소할 수 있었지만 사업이 악화

*비행 청소년이 조사 기간 동안 머무는 시설.

된 아빠의 권유를 받아들여 다시 6개월을 연장했다. 처음 이곳에 왔을 때 열여섯 살이었던 난 초등학교 졸업장만 딴 상태였다. 하지만 센터에서 고등학교 입학 자격증인 고입 검정고시를 땄다.

센터를 퇴소한 나는 서울의 한 고등학교에 입학했다. 그러다 아빠를 따라 여주로 전학을 갔다. 학교 생활은 적응하기 쉽지 않았다. 가장 어려운 건 역시 친구 관계였다. 나는 나랑 성적이 비슷한, 그러니까 거의 뒤에서 노는 애들끼리 어울렸다. 그러나 그 애들과도 잘 어울리지 못하고 겉돌았다. 센터 아이들과는 대화도 잘 통하고 또 그게 정상인 줄 알고 살았는데, 학교 친구들은 대화 내용에서도 차이가 났다. '내가 많이 미흡하구나.'를 절감했다.

아빠는 평범한 학생의 길을 가고 있는 나에게, "네가 이렇게 잘할 줄 몰랐다. 여기까지 온 것만도 장하다."며 칭찬해주었다. 내 또래라면 너무도 당연한 학교 생활을 말이다. 나도 '여기서 무너지면 지금까지의 노력이 너무 허무하다.'는 생각에 마음을 다잡았다. 정말 평범하게 살고 싶었다. 그래서 일단 고등학교는 졸업하고 보자고 다짐했다. 기초가 없는 상태에서 듣는 고등학교 수업은 고역이었다. 전혀 이해하지 못하는 수업을 멍하니 앉아 있기만 하다 보니, 시간이 아까웠다.

어느 날 국어 시간이었다. 못 알아들으면서 멍 때리고 있는 게 싫어서 핸드폰만 만지작거리고 있는데 선생님이 물었다.

"너 지금 뭐 하는 거냐?"

"핸드폰 만지는데요?"

"수업 시간에 왜 그렇게 하는데?"

"수업이 재미없어요. 무슨 말인지 하나도 모르겠어요."

"수업 끝나고 얘기하자."

교무실에 불려간 나는 선생님께 솔직히 말했다. 내가 지금 뭐 하고 있는 줄 모르겠고, 도무지 수업을 따라가지 못하겠다고 했다. 선생님은 복습, 예습을 잘하라고 하셨다. 할 말이 없었다. 짜증도 났지만 그냥 받아들일 수밖에 없었다. 교무실을 나오기 전에 나는 선생님께 반항해서 죄송하다고 사과드렸다.

얼마 뒤 또 다른 선생님이랑 부딪쳤다. 그분은 "너는 머리도 나쁘고"로 시작하여 나의 가정사까지 들먹이며 비수를 꽂았다. 나도 가만히 있지 않았다. 그분을 향해 실실 웃으며 비꼬듯 얘기했다.

"그래요? 난 잘하고 있는 것 같은데요?"

"너, 잘하는 거 아무것도 없어. 딴 애들을 봐라. 아무리 공부를 못해도 하는 시늉은 한다. 넌 겉으로만 학생이지, 학생이 아니야!"

기분은 무척 나빴지만 생각해보면 틀린 말도 아니었다. 선생님 말씀은 '교복만 입으면 학생인 줄 알지만 넌 껍데기일 뿐이야.'라는 뜻으로 들렸다. 사실 우리 학교는 전통 있는 학교다. 그런 학교를 내가 운 좋게 들어온 것이다. 나는 선생님께 야단을 많이 맞았는데 그때마다 자주 대들곤 했다. 하지만 아무리 반항을 하더라도, 선생님을 '선생님'으로 생각하고 대했다. 그래서 실수를 한 후에는 죄송하다고 말했다. 예전처럼 내가 왜 기를 꺾어야 되느냐는 식으로 오기를 부리지 않았다. 그렇게 해봐야 남는 것이 없을뿐더러, 결과적으로 그런 행동은 쓸데없는 자존심 세우기임을 이제는 잘 알기 때문이다.

이 학교에 갓 전학을 왔을 때였다. 같은 반 친구들은 서울에서 지방으로 온 나에 대해 무척 궁금해했다. "너, 어떻게 하다 여기까지 온 거야?" 하면서 호기심을 보였다. 나는 술 마시며 담배 피우고 다니던 과거 얘기를 했다. 그게 나한테는 자부심이자 자랑거리였다. 또 '나는 세다'는 것을 은근히 알릴 수 있는 기회라고 생각했다. 내 얘기를 들은 아이들은 마치 한 편의 영화를 보는 것처럼 "와, 대단하다, 신기하다." 하면서 내 기대보다 높은 반응을 보였다.

그래서 그런지 아이들은 나를 함부로 건드리지 못했다. 덕분에(?) 학교 생활은 무척 편했다. 하지만 생각해보면 나의 허세는 부끄러운 행동이었다. 센터에서 퇴소할 때 '이제 고등학생이 되었으니 허세나 허풍은 부리지 말아야지.' 하고 다짐했는데 학생이 술 마시고 담배 피웠던 게 무슨 자랑이라도 된다고, 또 떠벌린 것이다. 그 자체가 너무 철없는 행동이었다.

그렇게 좌충우돌하며 학교 생활에 적응하면서도, 마음 한편으로는 '내가 지금 잘하고 있는 거 맞아? 이렇게 학교 다녀도 되는 건가?' 하는 의심이 계속 들었다. 이런 심정을 친구한테 얘기했더니 고맙게도 친구는 이렇게 조언해주었다.

"공부 못해도 학교 다니는 건 당연한 거야. 이게 우리가 해야 되는 임무 아냐?"

친구의 얘기를 듣고 나니, '아, 이게 당연한 거구나.' 하는 생각이 들면서 학교 생활이 좀 더 쉽게 받아들여졌다. 그 뒤로 나는 친구들의 기준에 맞추려고 노력했다. 그런데도 내가 친구들에 비해 많이 뒤쳐진다는 자격지심이 드는 건 어쩔 수 없었다. 그럴 때마다 감정이 격해져서 친구들과 싸우곤 했다. 학교에서 내가 하고 싶은 건 오로지 한문밖에 없었다.

어느 날 과학 시간이었다. 정말 교실을 뛰쳐나가고 싶었지만 겨우 억누르다가 갑자기 벌떡 일어나 선생님을 향하여 크게 소리쳤다.

"선생님, 저 한자 공부하면 안 돼요?"

아이들의 시선이 일제히 나를 향했다. 선생님은 수업 끝나고 얘기하자고 하셨다. 나는 선생님께 수업에는 방해가 안 되게 조심할 테니, 한자 자격증 준비를 할 수 있게 허락해달라고 말씀드렸다. 선생님은 수업에 피해를 주지 않는다는 전제하에 허락해주셨다. 이 사실이 다른 선생님께도 알려졌다.

"네가 한자 공부하는 이선화냐? 내 수업도 듣기 어려우면 그렇게 해라. 잘할 수 있어." 하시며 격려해주셨다. 내가 한자 암기를 잘하니까 애들도 인정해주었다.

나에게 한자는 그림 같았다. 나만의 한자 암기 방법은 한자를 영상화시켜서 외우는 것이다. 그렇게 한자 공부를 시작한 나는 자격시험 8급으로 시작해 고등학교 3학년 때는 2급까지 따냈다. 3급부터는 진짜 때려치우고 싶은 마음이 들 때도 있었지만, 겨우 견뎠다. 그 고비를 넘기고 2급을 따니 '아, 나도 할 수 있구나.' 하는 자신감이 생겼다. 한자를 공부한 덕분에 중국어도 쉽게 배울 수 있었고, 우리말도 이전보다 이해가 잘되었다.

나는 조만간 1급에도 도전할 생각이다. 한자 공부는 나 스스로를 테스트하는 도구이기도 하다. '오늘 이것만 외우고 놀자.' 하고 목표를 정해 하루에 외울 수 있는 분량을 내 스스로 정했다. 보통 30자 정도였고, 따분해질 때는 바람도 쐬고 환기를 시킨 뒤 들어오면 다시 공부할 마음이 생기곤 했다.

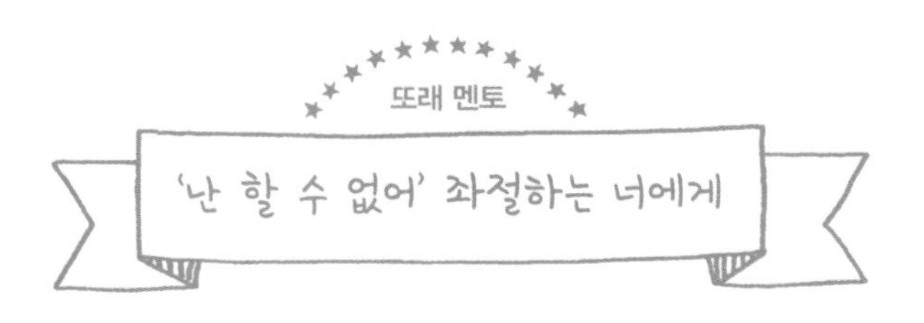

사랑하는 친구야!

고등학교에 입학한 뒤로 나는 생각이 많아졌어. 생각을 안 할 수가 없었어. 학교에서는 선생님들이 자극을 주고, 친구들한테 무시당할 때마다 다 포기하고 도망가고 싶었어. 하지만 그것도 임시방편이라는 걸 너무나 잘 알았어. '내가 여기에서도 적응하지 못하고 포기하면 많은 사람들에게 실망을 줄 게 뻔한데…….' 이제 겨우 10대고 인생의 출발선에 있는데, 여기서 멈춰버리면 내 미래는 참 초라할 것 같았어. 너무 힘들 때는 나 자신부터 닦아야 될 것 같아서 선생님께 말씀드리고 일주일 동안 집에 있기도 하고, 그래도 안 되면 학교에 와서 '리클래스'에 혼자 있거나 선생님이랑 같이 있기도 했어. 거기서 독서도 하고 상담도 했어. 그러면 출석 처리가 되었으니까. 수업 시간에 잠이 오면 자고, 심심하면 한자를 외웠어.

친구야!

난 학교를 벗어나지 않고도 충분히 놀 수 있었어. 내가 가장 즐거웠던 일은 교복 입고 아이들이랑 어울려 다니면서 군것질하는 거였어. 난 이런 사소한 게 참 좋았어. 그러면서도 '고등학교 졸업장은 따야지.'라는 생각 하나로 학교를 다녔는데 막상 졸업할 때가 되니까 너무 막연하더라. 담임 선생님께서 "선화 너도 원서 한 번 넣어봐라. 고등학교도 이렇게 잘 견뎠는데 대학 가서도 잘할 수 있을 거야."라며 격려해주셨어. 하지만 난 솔직히 두려웠어. '대학을 가도 될까, 가야 하나?' 고민하고 있는데 친구들이 너도나도 대학을 알아보고 있더라고. 나도 그 분위기에 휩쓸려 수시 2차 때 대학 원서를 넣었어. 지금 생각하면 참 철없는 행동이었지만, 다행히 지금은 매우 만족하고 있어.

친구야!

나는 대학생이 되었고 이 생활을 정말 즐기고 있어. 내 전공은 비즈니스야. 아빠가 옷 유통 쪽 일을 하고 계시는데 졸업하면 도와드리고 싶어서 이 과를 선택했어. 앞으로의 정확한 진로는 시간을 조금 더 두고 생각해보려고 해. 대학에 오니 모호했던 꿈이 좀 더 명확해지더라. 이제 나는 고등학교 때처럼 학교를 다녀야 할까 말까, 수업을 들어야 할지 말지를 고민하지 않아. 그럴 필요가 없어졌어. 하고 싶은 일도, 해야 할 일도 많으니까. 성적도 괜찮아. 1학기 학점은 3.5학점 받았어. F는 하나도 없어!

친구야!

내가 다른 공부는 다 내팽개쳤으면서 어떻게 한자 공부에는 흥미를 갖게 되었는지 궁금하지? 한자 공부는 센터에서부터 시작했어. 검정고시 시험이 끝나면 이해력이 바닥인 우리에게 한자를 조금씩 가르쳐줬거든. 그 외에도 컴퓨터, 미용 등 자격증을 딸 수 있는 기회는 무궁무진했어. 하지만 엄청 꼴통이고 게을렀던 나는 센터에서 지내는 1년 동안 고입 검정고시 하나만 합격하고선, '세월아 가거라. 난 퇴소하면 끝이다.' 하면서 시간만 축냈어. 그래도 꾸준히 했던 게 하루에 몇 개씩 한자를 외우는 일이었어. 그 습관을 고등학교 3년 내내 계속한 거야. 그래서 난 너에게도 이걸 권하고 싶어. 무엇이든 네가 할 수 있는 일이 있다면 놓치지 말고 꼭 한 번 시도는 해봐. '난 할 수 없어.'라는 부정적인 생각으로 시간을 허비하지 마.

며칠 전에 옷장 서랍을 정리하다가 센터 생활 때 썼던 일기장을 발견했어. 다시 읽어보니 정말 부정적이었어. 돌이켜보면 내 자신을 진짜 싫어하고 남을 사랑하지도 않으면서 사랑받고 싶은 욕심만 너무 컸어.

친구야!

난 대학에 들어와 자격증 따는 동아리에 들어갔어. 센터에서 허비한 시간과 다양한 공부를 하지 못했던 거에 대한 미련이 컸거든. 나는 유통과 회계 자격증을 따고 싶은데 일단은 회계부터 하려고 해. 떨어져도 한자 공부처럼 포기하지 않고 계속할 거야. 왜냐하면 자격증은 내 끈기를 보여주는 거니깐.

사랑하는 친구야!

네가 지금 자신을 생각할 때 '아무것도 잘하는 게 없어.'라는 생각이 들면 지금까지 살아온 시절을 되돌아봐. 그중 가장 호기심이 들었고, 재미있었던 일이 무엇이었는지 생각해보는 것도 한 방법이야. 그것을 그냥 지나치지 말고 끄집어내면 그게 바로 너의 능력일 수 있어. 만약 나와 잘 맞는다고 생각되면 그것을 키울 수 있는 방법을 찾아보는 거야. 또 나랑 함께할 수 있는 사람을 만나는 것도 아주 중요해. 내가 사는 지역 단체, 인터넷 카페 동아리 등 네가 하려고만 하면 방법은 많아. 중요한 것은 혼자 생각하지 말고 그걸 할 수 있도록 도움을 요청해야 돼. 나도 선생님들께 도움을 청했잖아!

친구야!

네가 할 수 있는 그걸 꽉, 잡아. 그리고 그것을 끝까지 물고 가봐. 그러면 그 하나가 너한테 다른 기회를 만들어줄 거야. 내가 직접 경험한 거니까 자신 있게 말할 수 있어. 난 한자 외우는 습관 하나로 이렇게 대학까지 왔으니까.

아 참, 하나 더 얘기할게. 난 지금도 식당엘 가면 나도 모르게 냅킨을 보기 좋게 접고 있어. 센터에서 그렇게 했거든. 한자 공부도, 냅킨 접는 것도 습관이란 게 정말 무서운 거더라고.

나만의 걸음으로…… 오롯이!

장미는
자신의 화려함과 함께하는 가시를 거부하지 않고
국화는
진한 향기를 위해 견뎌야 하는 찬서리를 물리치지 않는다.

모든 인내의 시간은 기쁨의 꽃을 피우고
사랑 때문에 나를 내어주었던 어제는
오늘 내게 '성숙'과 '자랑스러움'을 선물한다.

우리 모두는 서로 다른 가능성을 품고 세상에 뿌려졌고
내가 있는 자리에서의 최선은
결국, 나를 가장 나다운 모습으로 꽃피게 할 것임을 믿는다.

그러기에 오늘,
나는 묵묵히 이 한 걸음을 또 걷는다.
오롯이!

평생 지워지지 않는 낙인을 남기고 싶니?

나를 포함하여 센터에 입소한 아이들의 몸에는 크고 작은 문신이 있다. 어느 날 선생님은 우리에게 종이와 볼펜을 나눠주면서 아래 질문에 대한 생각을 적어보라고 하셨다.

– 문신을 하게 된 동기

– 어디서, 어떻게 했는가?

– 문신의 종류, 모양과 글씨는?

– 문신을 하는 신체 부위는?

– 문신 때문에 경험한 일(좋은 것, 나쁜 것)

– 다른 친구들이 문신을 하겠다고 하면?

– ……

거기 모인 아이들 중에서도 내가 문신이 가장 많았다. 그때 쓴 내용을 정리해본다.

일단 문신을 하는 장소는 먼저 경험해본 언니, 오빠들이 알려준다. 내가 마지막으로 문신을 했던 곳은 시장 안 4층 건물에 있는 무허가 불법시술소였다. 화장을 진하게 하고 가지만 청소년인 줄 다 알고 민증 검사도 안 한다. 서른 중반 정도로 보이는 남자가 주인이었는데 여러 번 하러 가서 꽤 친해졌다. 안에는 당구대가 있고 방이 두 개가 있는데 그중 하나는 흡연실이다.

먼저 인터넷과 사진을 본다. 장미, 나비, 리본, 잉어……. '이걸로 할까?' 선택한 그림을 전사지에 뜨고 거기에 데오드란트를 묻힌 다음 오른쪽 팔에 완전히 감는다. 3~4분 후 팔에 감은 전사지를 떼고 20분 정도 말린 다음 침대에 누워 본격적으로 시작한다. 네모난 기계와 연결된 쇠꼬챙이에는 바늘 30개 정도가 뭉쳐 있다. 거기에 잉크를 찍어 문신할 부분을 계속 쑤신다. 살 타는 냄새가 진동한다. 오징어 구울 때 나는 냄새와 비슷하다. 내 몸도 오징어처럼 구워진다. 긴팔 문신은 살이 잘 아물지 않아 하루에 3시간씩 해서 두 달이 걸렸다. 하고 나면 살이 땡땡 부어오른다. 끈적끈적한 약을 발라주는데 옷에 달라붙어 벗을 때마다 아프다. 덧나면 진물이 나고 살 속의 잉크가 묻어 나오기도 한다.

'愼思篤行(신사독행).' 내 목 왼쪽에 있는 한자 문신인데 이것을 새길 때 피부가 정말 무섭게 부어올랐다. 목 조직이 충격을 받아 문신을 한 부위에 알갱이도 많이 잡혔다. 두 달 동안 병원을 다니면서 약 먹고 연고 바르고 해서 낫긴 나았지만 지금도 그쪽에 손을 대면 아파서 깜짝 놀란다. 그때는 그 자리가 위험한 부위인 줄 몰랐다. 내 몸에는 팔과 목 말고도 문신이 더 있다. 허벅지에 장미, 오른쪽 가운뎃손가락에 별…….

처음에는 집에서 직접 문신을 했다. 준비물은 바늘, 라이터, 먹물, 실, 휴지, 수건, 종이컵, 나무젓가락이다. 먼저 종이컵에 담은 먹물을 바늘 끝에 찍어 원하는 부분의 살을 콕콕 찌른다. 세균에 감염이 될 수도 있으니까 바늘 끝은 반드시 라이터로 뜨겁게 달궈서 사용해야 한다. 가늘고 길이가 짧은 바늘은 손에 잘 잡히지 않는다. 그래서 나무젓가락 가운데 빈틈에 바늘을 넣고 고무줄로 칭칭 감는다. 그래도 삐뚤삐뚤, 생각처럼 예쁘게 안 됐다.

문신을 하고 나면 태도부터 달라진다. '난 이제 문신도 있으니까 꿀릴 게 없어. 사람들이 나를 세게 봐주겠지?' 하는 생각이 든다. 또 친구들은 문신이 있는데 나만 없을 때 들었던 소외감도 사라진다. 어른들도 만만하게 보인다. 예전에는 먼저 수그리고 들어갔지만 문신을 한 후로는 의식적으로 으스대면서 누군가와 부딪치기만 해도 욕을 했다.

여름이었다. 남의 집 대문 앞에서 우리 패들이 담배를 피우며 떠들고 있는데 안에서 "밖에 누구야?" 소리를 지르며 문을 꽝 열었다. 그런데 그 아저씨는 우리를 둘러보더니 그냥 문을 닫고 들어갔다. 그때는 '아, 내가 문신이 있으니까 나에게 뭐라고 못하네.' 하며 신이 났다. 문신을 더 많이 새기면 훨씬 으쓱할 것 같았다. 다른 아이들과 패싸움이 붙을 때면 문신이 많은 내가 항상 앞장섰다. 그러면 싸우기도 전에 상대방이 먼저 슬슬 사라졌다.

내 문신이 가장 효과를 내는 곳은 뒷골목이었다. 거기서는 수입도 짭짤하게 생겼다. 우리는 남자, 여자 할 것 없이 같이 몰려다니면서 저만치 앞에 가는 아이를 부른다. 혼자 가든 몇 명이든 상관없다.

"거기 김성태~ 김성태~."

아무렇게나 불러본 이름이니 맞을 리가 없다. 돌아보지 않으면 다시 크게 부른다.

"야, 성태. 너 맞잖아~~."

그러면 분명 자기가 아니면서도 어정쩡하게 고개를 돌리게 되어 있다.

"너, 이리 와봐."

"왜 그러는데요?"

"이게, 오라면 오는 거야."

조용히 목소리를 깔고 친한 척 어깨동무를 하고 걷는다. 잡힌 아이는 나 말고도 양쪽에 사람들이 있으니까 소리도 못 지르고 무서워서 따라온다. 한적한 골목길을 물색하여 아이를 벽 쪽에 붙이고 빙 둘러선다.

"가진 돈 있으면 다 내놔봐."

"없는데요."

"없어? 이게, 좀 말할 때 들어."

그러면서 의도적으로 옷소매를 걷어 올린다. 팔에 새긴 문신으로 겁을 주기 위해서다.

"너 없다고 했지? 만약 우리가 주머니 뒤져서 백 원이 나오면 백 대, 천 원이 나오면 천 대…… 아니, 십 원에 한 대씩이다. 어떡할래?"

이러면 기가 팍 죽어서 더 이상 버티지 못한다. 나는 나보다 더 어리고 약한 아이들을 문신으로 겁주고 때리고 돈을 빼앗았다.

가끔 TV에서 경찰한테 붙잡힌 조직폭력배들을 보면 하나같이 가슴, 목, 어깨, 팔 등에 문신이 있다. 지금은 징그럽고 오싹해서 간이 졸아든다. 그리고 이런 생각이 든다. '예전에 내가 괴롭혔던 아이들도 내 몸의 문신을 볼 때 이런 마음이었겠구나.'

좀 더 일찍 알았더라면 좋았을 텐데. 문신이 예쁜 문양이나 남들에게 세 보이는 인상이 아니라는 걸 말이다. 오히려 하고 싶은 걸 못 하게 하는 장애물이고, 지우고 싶을 땐 마음대로 지울 수도 없는 흔적이라는 걸.

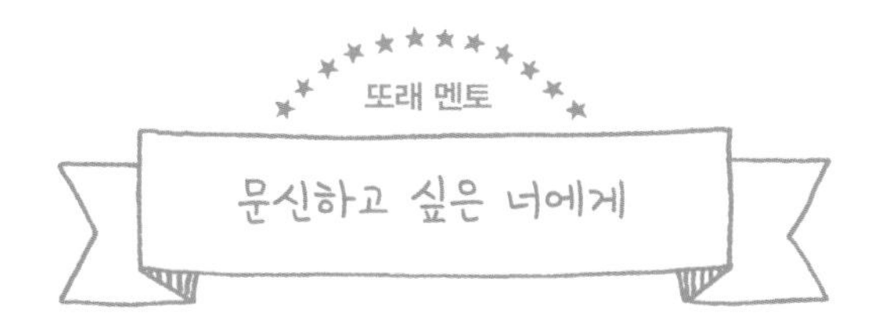

친구야!

사실 난 성격이 아주 소심해. 겁도 많지만 정도 많아. 하지만 몸에 문신이 있는 나를 사람들은 좋게 봐주지 않았어. 여기 센터에서도 아이들에게 잘해주고 싶은데 다들 먼저 다가오기 힘들어했어. 퇴소한 아이들이 나에게 쓴 편지를 읽어보면 대부분 이랬어. 너를 겉모습만 보고 까칠하고 세다고만 판단했는데 알고 보니 속은 그렇지 않은 것 같다고. 오해해서 미안하다고.

겁 많고 소심한 내가 왜 문신을 하게 되었을까? 어떤 아이는 자존심을 세우려고 "나는 내 만족을 위해 한 거야."라고 말하는데 절대 아니야. 솔직히 그 애도 속마음은 '나를 세게 봐주겠지?' 이 생각으로 했을 거야. 난 문신을 하고 나서 이틀 만에 후회했어. 땅을 치며 후회했다고 해도 맞을 거야.

문신 때문에 겪은 나의 이야기를 들려줄게. 어느 날 동산처럼 생긴 육교를 혼자 올라가고 있었어. 내 뒤에는 자전거를 끌고 오는 남자아이가 있었고. 그런데 그 아이가 올라오다 말고 다시 내려가는 거야. 내 팔에 있는 문신을 보고 기겁한 거지. 대중목욕탕은 카운터에서부터 입장 불가야. 목욕탕 주인들은 이렇게 말해.

"죄송하지만 여기는 아이들도 있고, 가족들도 많이 오고 해서…… 미안합니다."

원래 문신이 있다고 해서 입장이 안 되는 건 없어. 그래서 들어오지 못한다고 직설적으로 말은 못해. 하지만 통과를 하더라도 내 문신을 보면 할머니들까지 "아이구, 아이구." 하면서 나가버려. 난 문신으로 평생 과시하면서 살 수 있을 줄 알았는데…….

친구야!

정신 차리고 살려 해도 문신 때문에 할 수 있는 게 정말 없더라. 학교에 가서 공부를 하려 해도 친구들이 다가오질 않아. 전에 유유상종으로 놀던 아이들만 나를 계속 찾는 거야. 진짜 그 애들하고는 다시 엮이고 싶지 않았는데, 결국 걔들의 유혹을 뿌리칠 수가 없었어. 건전하게 돈을 벌려고 해도 불가능해. 불성실해서 잘리는 거면 할 말이 없는데 그 전에 문신 때문에 잘려. "내일부터 일하러 오세요." 하다가도 내 문신을 보면 태도가 돌변해. 편의점 세 군데는 모두 일주일 안에 잘리고, 겨울에 주유소에서 겨우 일자리를 구했어. 추울 때는 긴팔 입고 목에는 파스를 붙여서 잘 감췄는데, 봄에 무심코 팔을 걷고 일을 하는데 사장님이 부르더라고. 사장님은 자기 가게 이미지도 있고 하니까 내일부터 안 나와도 될 것 같다고 했어. 미용실은 아예 안 받아줬어. 그래도 정신 차리고 살아야 되겠다 싶어 한꺼번에 이십 몇 군데에 이력서도 내봤지만, 세차장 빼고 받아주는 데가 없었어. 너무 힘들었어. 집안 사정이 좋은 것도 아니고 내 힘으로 벌어서 써야 되는데 문신을 보고 무조건 잘랐어. 이해가 안 되는 건 아닌데 그 당시에는 엄청 속상했어. 간신히 들어간 세차장도 처음에는 감사했는데 일해보니까 어떤 곳인지 알게 되어 무서워서 바로 나왔어. 나처럼 문신이 많은 청소년들을 뽑은 다음, 그걸 약점으로 잡아 애들을 싸게 부려먹는 곳이었어. '일할 곳은 없고 돈은 필요한데 도움을 받을 상황도 안 되니 나쁜 일을 해서라도 돈을 벌어야 하나?' 이런 생각까지 들었어.

친구야!

잊지 마. 문신은 절대 지워지지 않고 지워도 울긋불긋 화상자국처럼 흉터가 남아. 많이 알아봤는데 똑같았어. 일본에서는 자국이 안 남게 한다는데 이것도 마찬가지야. 만약 1백만 원 주고 했으면 뺄 때는 2천만 원 줘야 하고, 할 때보다 열 배, 스무 배는 더 아픈 게 사실이야. 마취? 없어. 마취크림을 바르지만 소용없어. 난 문신이 엄청 커서 지우기가 힘들어. 그래도 없애보려고 시도하다 너무너무 고통스러워서 그만뒀어. 난 문신 때문에 이사도 가고 이름까지 바꿀 생각을 했어. 그럼에도 문신은 그대로야. 이것 때문에 죽으려고 하는 아이들도 있어. 행여나 문신을 할까 고민한다면, 이 글을 읽고 하면 안 되겠다고 마음먹었으면 좋겠어. 만약 내 친구라면 난 진짜 때려서라도 말릴 거야. 머리카락을 다 뽑더라도 못 하게 할 거야.

그리고 친구야, 담배만 중독성이 있는 줄 아는데 문신도 똑같애. 지독한 중독성까지 있어. 다시 말하지만, 지워지는 문신은 절대 없어. 문신은 너의 겉모습에 평생 남아 있어. 그러니까 네 몸을 소중히 여기고, 문신을 해야겠다는 생각이 들 때 다시 한 번 내 말을 기억해줘.

사랑의 낙인(烙印)을 발견하게 하소서

인간은 늘 무언가를 새기며 살아간다.
때론 사랑의 기억이
때론 잊고 싶은 상처가
마음 구석 어딘가에 새겨져 지워지지 않는다.
무언가를 새긴다는 건
그 낙인이 내 존재의 일부가 됨을 각오하는 것
그 낙인으로 인해 내 존재가 변화됨을 각오하는 것
'앞으로는 아무도 나를 괴롭히지 마십시오.
나는 예수님의 낙인을 내 몸에 지니고 있습니다.'라고 하신
사도 바오로의 말씀이 기도가 되어 올려진다.

두려움을 이겨낼 수 있는 용기를,
외로움 속에서도 누군가 나를 위해 기도하고 있다는 희망을,
아픔을 치유하는 용서를,
젊은 그대의 가슴에 새기기를……

진리(眞)에 대한 열정을

선함(善)에 대한 추구를
아름다움(美)에 대한 사랑을
영원에 대한 갈망이
이미 그대 안에 새겨져 있으니
자신의 내면에서 사랑의 낙인을 찾고
공허 속에 방황하지 않기를……

있을 때
잘해

사람에게 가장 큰 충격은 죽음이다. 한 해 동안 내 주변의 사람들이 무려 세 명이나 죽었다. 한 명은 친구, 오토바이 사고였다. 또 한 사람은 아는 언니의 자살. 그리고 얼마 전에는 할아버지가 돌아가셨다. 1년에 장례식장을 세 번이나 갔던 나는 심한 충격으로 멘탈이 붕괴됐다. 특히 할아버지의 죽음은 죄책감마저 들어 미칠 것 같았다.

당시 나는 집을 나와 있었다. 집에는 할머니와 할아버지, 새엄마와 아빠, 세 명의 남동생이 있다. 일곱 살 아래 쌍둥이와 아홉 살 터울의 막내 모두 새엄마가 낳았다. 어릴 때는 동생들을 내가 업고 키웠는데 커갈수록 점점 귀찮아지고 옆에 와서 붙는 것도 싫어졌다.

몇 번의 가출 때마다 나는 할머니하고만 연락을 했다. 할아버지가 췌장 파열로 병원에 입원하셨다는 소식도 할머니가 마른기침을 하며 알려줬다.

"다애냐? 이제 들어와라. 할아버지가 너랑 밥 한 끼 같이 먹고 싶어 기다리고 있어. 어서 와."

애원하는 할머니의 목소리에 나는 아차, 잘못했구나 싶어 한달음에 달려갔다. 그런데 걱정과 달리 할아버지는 건강해 보이셨다. 나는 며칠 있다가 다시 집을 나왔다. 하루는 친구랑 약속이 있어 동대문에 가려고 지하철 1호선 회기역에 서 있는데 우연히 아버지랑 마주쳤다.

아빠는 나한테 당장 할아버지를 뵈러 가라고 당부했다.

"어쩌면 네가 할아버지를 볼 수 있는 마지막일지도 몰라. 그러니 빨리 가봐라."

그럼에도 나는 아빠의 말을 듣지 않았다. 다음 날 학교를 갔는데 오전 11시쯤 담임 선생님이 나를 불렀다.

"정다애, 가방 싸서 교무실로 와라."

담임은 내 손을 잡고는 측은하고 안타까운 표정을 지었다. 나는 직감했다. 멍해진 채로 서울대병원으로 달려갔다. 언덕을 올라가는데 내 자신에게 갑자기 화가 났다. 병실도 제대로 몰랐던 것이다. 할 수 없이 가출한 뒤 처음으로 아빠에게 전화를 했다.

그렇게 찾아간 할아버지는 내가 아는 그분이 아니었다. 입에는 테이프가 함부로 막 붙어 있었다. '이게 뭐지? 죽는다는 게 이런 거야?'

아빠와 삼촌, 새엄마는 무슨 일인지 의사랑 큰소리로 싸우고 있었고 할아버지는 그런 우리랑은 이제 아무 상관없다는 듯 말 한마디 없었다. 나는 허깨비처럼 서서 싸우는 소리를 들으며 생각했다. '숨 쉬는 이들은 살아야 하니까 저렇게 아귀다툼이구나.'

나는 할아버지의 염하는 모습을 곁에서 지켜봤다. 얼굴에서부터 가슴, 팔, 손을 알코올로 구석구석 닦아낸다. 양쪽 발톱도 깎고 버선을 신긴다. 수의를 입힌다. 손은 배 위에 모으고 발을 묶었다. 할아버지의 몸 여기저기를 꽁꽁 동여맸다. 저항 없는 할아버지 시신은 관 속에 넣어졌고 그 관마저 또 묶었다. 그렇게 화장되는 것까지 다 지켜보고 집에 도착해서 대문을 여는데 순간 할아버지 자전거가 내 눈에 들어왔다. 시계를 보니 오후 3시를 가리키고 있었다. '이 시간에 자전거가 왜 저기 있지? 할아버지는 4시 30분 넘어서 퇴근하시잖아?' 그제야 나는 할아버지가 이 세상에 안 계시다는 사실이 실감 났다.

내가 초등학교를 졸업할 때까지 할아버지는 나를 자전거에 태워 교문 앞에 내려놓고 맞은편에 있는 아파트로 갔다. 할아버지는 그곳에서 수위로 일하셨다. 나는 자전거를 지나쳐 마루에 올라가 안방 문을 열었다. 허한 공간, 겨울인데 보일러를 때지 않아 싸늘한 기운, 구석에는 할아버지가 덮던 이불이 싹 개켜져 있었다. 방에도 할아버지가 안 계시는구나. 순간 참았던 눈물이 왈칵 터졌다. 난 할아버지에게 막 시비를 걸었다.

“나랑 같이 밥 먹고 싶어 했잖아. 나 지금 집에 들어왔으니까 가자고. 같이 가잔 말이야.”

주인 없는 방에는 할아버지가 하루가 멀다 하고 듣던 〈회심곡〉이 흘렀다.

“못다 먹고 못다 쓰고 / 두 손 모아 배 위에 얹고 / 시름없이 가는 인생 / 한심하고 가련하다 /…… 한번 아차 죽어지면 / 싹이 나느냐 움이 날까 / 이내 일신망극하다 / 명사십리 해당화야 / 꽃 진다고 서러워마라 / 명년 삼월 봄이 오면 / 너는 다시 피련마는 / 우리 인생 한번 가면 / 어느 시절 다시 오나.”

아, 정말 구질구질한 그 노래 가사를 내가 줄줄 외우고 있다니 신기했다.

할아버지가 돌아가신 지 석 달 뒤의 일이다. 집에서 약 700미터쯤 떨어진 곳에 공원이 있었다. 그곳은 학교를 가지 않는 나와 친구들의 아지트였다. 나는 춤추는 걸 되게 좋아했다. 그날도 친구들이랑 노래를 틀어놓고 춤을 추다가 잠시 벤치에 앉아 하늘을 바라보았다. 하얀 구름이 뭉실뭉실 떠 있었다. 갑자기 할아버지 생각이 났다. ‘왜 그때 할아버지 옆에 있어주지 못했을까!' 후회가 또 밀려들었다. 하지만 식구들이나 친구들한테는 전혀 그런 내색을 하지 않았다. 나는 하늘을 향해 속으로 중얼거렸다.

'할아버지, 거기 좋아요? 나, 지금 학교 관두고 여기 있는데 보여요? 만약 보고 계시면 할아버지, 저 구름을 없애봐요.'

안 될 걸 알면서도 거듭 '자아, 할아버지 한번 보여줘요.'라고 부탁하고선 다시 신 나게 춤을 추었다. 그러다 하늘을 올려다봤다. 구름 한 점 없는 파란 하늘이었다. '정말 할아버지가 날 지켜보고 계신 건 아닐까?' 그렇게 한참 동안 하늘을 바라보고 서 있었다. 그러고선 벤치 위에 놓인 선글라스를 집어 쓰고 친구들에게 들키지 않게 눈물을 훔쳐내며 미치도록 춤을 추었다.

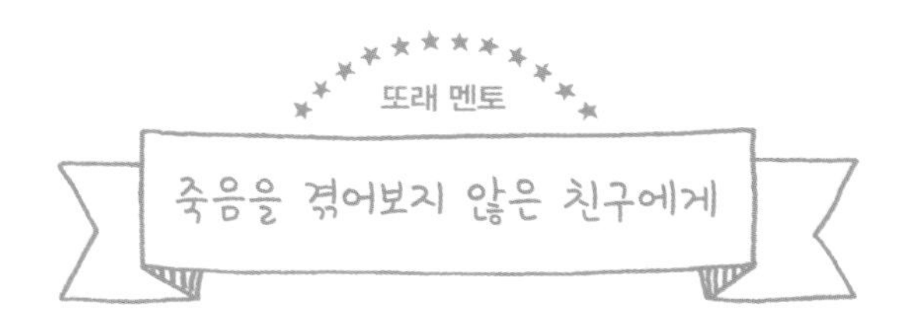

친구야!

“있을 때 잘해. 나처럼 후회하지 말고.”

솔직히 나도 여전히 실천하기 어렵지만 곁에 있을 때 잘해. 그분이 아빠든, 엄마든, 할아버지, 할머니, 삼촌, 동생이든 친구든 상관없어. 평소에 네가 좋아하는 그들이 갑자기 죽을 수 있다는 거 잊지 마. 나도 할아버지가 그렇게 허무하게 가실 줄 몰랐어. 죽음은 갑자기 찾아왔고 그걸로 끝이었어.

난 할아버지, 할머니 두 분의 사랑을 받고 자랐어. 날 키워주셨거든. 할아버지가 돌아가시니까 할머니에게라도 잘해야겠다고 생각했는데 참, 그것도 마음처럼 행동이 잘 따라주지 않더라.

할머니는 골다공증이 심해서 걷는 것도 힘들어해. 그런데도 아파트 계단 청소를 하러 다니셔. 가끔 아버지가 “너, 할머니마저 돌아가시면 어떻게 할래, 응?” 하고 다그치면 나는 “왜 그런 소릴 해. 지금 내 옆에 있는데.” 하고 대꾸해. 하지만 속마음은 ‘할머니마저 안 계시면 난 어떡하지?’ 하는 불안감이 들고, 그렇게 되면 세상에 혼자 남을 것 같은 슬픔이 밀려왔어. 난 그걸 받아들이기 너무 힘들었고 그래서 자꾸만 부정한 거야. 할머니를 잃는다는 게 정말 두려웠으니까.

친구야!

보고 싶은 얼굴을 한 번만 더 보고 싶어도 볼 수 없는 게 죽음이야. 그러나 시간이 흐를수록 점점 잊혀져가기는 해.

세 사람을 잃었던 그 1년 동안 죽음을 목격하면서 나는 이런 생각을 했어. '내가 죽으면 진짜 너무 허무하겠다. 사람들이 날 가끔씩이라도 기억이나 해줄까?' 솔직히 말하면 난 내가 잊히는 게 싫어. 여기 센터에 들어와 살면서 은근히 걱정되는 것도 '가족과 친구들이 날 잊으면 어떡하지?' 하는 거였어. 그리고 참 이상한 점은 나에게 상처만 줬다고 생각한 식구들에게 이제는 미안한 마음이 들고, 그렇게 싫었던 집에 다시 가고 싶어졌다는 거야. 참 또 하나 있어. 할아버지 등 뒤에서 자전거를 탈 때, 나는 양팔에 힘을 꽉 주고 할아버지 허리를 감싸곤 했어. 오른쪽 볼을 할아버지 등에 대면 내 코에 전달되는 게 있었어. 약간 퀴퀴하지만 오래된 종이 냄새 같은 세월의 냄새. 할아버지의 그 내음이 그리워.

친구야!

'할아버지가 돌아가신 후 할머니도 얼마나 슬펐을까?' 생각하면서도 난 어떻게 해드려야 할지 몰랐어. 그래서 마지막으로 내 결심을 하나 말할게. 센터에서 퇴소하면 난 학교에 복학이 안 돼. 대신 의류 가게를 하는 고모 일을 도울 계획이야. 돈이 생기면 우선 할머니 선물을 사드릴 거야. 앙꼬가 많이 든 단팥빵. 그 빵, 우리 할머니가 제일 좋아하시거든. 당장 뭔가 대단한 걸 해드릴 순 없지만 내가 할 수 있는 선에서 곁에 계신 할머니를 잘 챙겨드리려고 해. 그 첫 번째가 할머니가 가장 좋아하시는 단팥빵을 사드리는 거야.

친구야!

내가 결혼할 때까지 할머니가 살아 계시길 바라는 것. 이것이 나의 유일한 희망사항이야.

가족

때론 너로 인해 너무 아프다.
너로 인해 슬프기도 하다.
하지만 네가 없었다면
난 존재하지 않았을 것이며
아파도 더 사랑할 수밖에 없는
이 진실을 몰랐을 것이다.

神(하느님)께서 내게 자유의지를 주셨지만
단 하나 허락하지 않으신 영역
나의 가족……
그래서 가족은 神(하느님)께서 내게 주신 선물이다.

우리는 가장 힘들고 외로울 때
무조건 내 등을 두드려주며
'괜찮다, 괜찮다……' 말해줄
가족이 필요하다.

가족의 품을 떠나 거리를 방황하는
또 다른 다애, 다애, 다애……
그들이 가족의 품으로 돌아가 그 품에서
위로받고,
사랑하고,
성장하며,
함께이기를……

사랑은……
가족은……
너로 인해 아파도 계속될 수밖에 없는 선물이다.

채울 수 없는 엄마의 빈자리

열일곱 살 나의 첫 직장은 버스터미널 종합 안내원이었다. 그 직업은 친절한 말, 인사, 웃는 얼굴이 필수였다. 나는 사람과 눈을 마주치면 무조건 인사를 했다. 어르신이 길을 못 찾고 헤매면 먼저 다가가 "어디 가시는데요?" 하고 여쭈었다. 한번은 70대 후반쯤으로 보이는 노부부가 여행을 가시는 것 같았다. 그런데 할아버지가 캐리어 가방을 잡은 채 그만 넘어지셨다. 나는 급히 뛰어가 괜찮냐고 묻고선 할아버지를 부축해드렸다. 가방 손잡이가 잡을 수 없을 정도로 부서져 있었다. 민원실에 들어가 대체할 만한 가방이 있는지 찾아보았으나 없었다. 나는 매표원 언니들에게 사정을 말하고 돈을 조금 구했다. 그 돈으로 가방을 사서 물건을 다 넣어드렸다. 또 한번은 할머니가 전라도 광주를 가시려고 하는데 차비가 모자르다고 하셨다. 나는 내 돈으로 할머니에게 표를 사드렸다.

안내원 일을 그만두기 한 달 전, 그날은 설이었다. 한 신사분이 길을 묻기에 친절하게 가르쳐드렸다. 그분은 고맙다면서 나에게 엽서 한 장을 주었는데 거기에 짧은 명언이 적혀 있었다. '늘 친절해라. 그러면 언젠가 너에게 돌아올 것이다.' 나는 그 글귀를 읽고 무척 놀랐다. 터미널에는 멍하니 있는 사람들이 많다. 특히 명절에는 갈 데 없는 사람들이 터미널 주변을 맴돌며 커피를 마시거나 담배를 피우며 외로움을 달랜다. 안내원 제복을 입은 나는 그들에게 다가가 인사를 하면서 밖은 추우니까 안으로 들어가자고 권하곤 했다. 그러면 그들은 웃으면서 고마워한다. 이런 내 모습을 유심히 본 터미널 팀장님은 나를 부산에 있는 핸드폰 회사 고객 상담과에 추천해주었다.

면접 때 기억에 남은 질문이 있다.

"지금까지 터미널에서 사람들에게 했던 행동이 정말 진심이었나요?"

나는 망설임 없이 그렇다고 대답했고 일주일 뒤에 합격 통보를 받았다. 그렇게 모바일 상담과에 들어갔다. 열여덟 살 내가 맡은 일은 주로 자녀가 쓴 핸드폰 요금 문제로 잔뜩 화가 나서 찾아온 부모들을 상대하는 일이었다. 왜 이렇게 요금이 많이 나오느냐고 따지는 그분들을 달래서 보내는 게 내 임무였다. 나는 화를 냈던 고객들을 웃으면서 가시도록 했다.

회사에서는 2주에 한 번씩 서비스 교육이 있었다. '화를 내지 마라. 인상 쓰지 마라. 손으로 제스처를 쓰지 마라. 항상 존댓말을 써라.' 이 모든 것이 몸에 배어 있도록 했다. 상대방이 아무리 욕을 해도 좋게 받아들이려고 노력했다. 우리가 받아주지 않으면 고객이 어딜 가서 상담을 할 수 있겠느냐는 서비스 정신으로 임했다. 텃세라는 것도 경험했지만 잘 견뎌냈다. 그곳에서 약 8개월가량 일했는데 떠날 때는 송별파티까지 해주었다. 어른들은 나에게 요즘 청소년들이 너만큼만 해도 세상이 정말 좋아질 거라며 칭찬을 아끼지 않았다.

그러나 내 삶의 문제는 여기서부터 시작되었다. 나는 회사를 다닐 때도 주말이면 종종 축가 아르바이트를 했다. 그때마다 사람들의 반응이 참 좋았다. 노래를 부르고 나면 기쁘고 내가 뭐라도 된 것 같은 들뜬 기분에 사로잡혔다. 하지만 회사 행사와 겹치면 축가 아르바이트를 할 수 없었다. 나는 내 재능을 마음껏 펼치고 싶어서 회사를 관두고 노래를 택했다. 그러나 들어오는 돈이 너무 적어서 4개월 만에 접어야 했다. 보증금 200만 원에 월 35만 원을 내는 원룸 생활. 난방비가 무시무시하게 오르는 겨울에는 40만 원을 내야 했다. 동생에게 다달이 용돈도 보내야 했다. 통장의 잔금은 점점 바닥을 드러냈다.

내가 실업자가 된 시기에 집을 나와 여기저기 전전하던 친구 몇 명이 내 원룸에 자주 찾아오기 시작했다. 친구들은 그동안 모텔이나 여관을 옮겨 다니며 지내다가 수중에 돈이 떨어지자 나를 찾아온 것이다. 친구들은 이미 범행을 저지른 적도 있었다. 그들은 자기들이 한 일이 나쁘다거나 경찰한테 잡히면 어떻게 될 거라는 걸 전혀 생각하지 않았다. 아니, 자신들은 잡히지 않는다고 믿었다.

"너 그 핸드폰 어디서 났어?"

"거기서 슬쩍했어."

"너 그 돈 뭐야?"

"핸드폰 매장 털어서 받은 거야."

친구들 사이에서는 그런 대화가 너무 자연스럽고 일상적이었다. 나쁜 일을 하고 있다는 죄책감도 없었다. 그럼에도 나는 친구들을 믿었다. 이제 남은 돈은 70만 원. 일자리 구하기도 힘들고 의욕도 사라졌다. 나는 집에 들어가기로 결심했다. 친구들 차비까지 치르고 나니 10만 원이 남았다. 차 안에서 그들은 나를 유혹했다.

"돈 진짜 많이 벌 수 있어."

"이번에 딱 한 번만 하자. 너도 이제 힘들게 살지 마."

일도 그만둔 상태이고 새로운 일자리 구하기도 쉽지 않았다. 한편으로는 '그래도 이건 아닌데, 아닌데.', 다른 한편으로는 '하자. 딱 한 번만 하고 안 하면 되지…….' 하고 나도 모르게 생각이 두 갈래로 갈렸다.

결국 나도 그들과 함께하기로 했다. 이미 핸드폰 가게를 털어본 적 있는 친구들은 지하철을 타고 다니면서 사전답사를 했다. 조용하고 사람이 잘 다니지 않는 곳이었다. 처음인 나는 밖에서 망을 봤다. 그다음에는 가게 안으로 들어갔다. 진열대에서 꺼낸 핸드폰을 잘 담을 수 있도록 주머니 드는 일을 담당했다. 그들과 세 번째 합세했을 때 나는 감이 왔다. '이제는 잡혀도 빠져나갈 수 없겠구나.'

나는 계속 숨어 다녔다. 큰 도로를 가다 순찰차가 있으면 얼른 골목으로 빠졌다. 그러나 숨어 다닌다고 되는 일이 아니었다. 어느 날 한 모텔에 숙박하러 들어갔는데 그 집 주인이 떼거리로 몰려온 우리를 수상하게 여기고 CCTV 영상을 SNS에 올렸다. 나와 친구들은 그런 줄도 모르고 CCTV에 잡힌 옷과 신발을 신은 채 그 지역을 며칠 동안이나 유유히 거닐고 다녔다. 결국 우리는 용감한 시민에 의해 잡혔다. 나는 그렇게 잡힐 줄은 꿈에도 몰랐다.

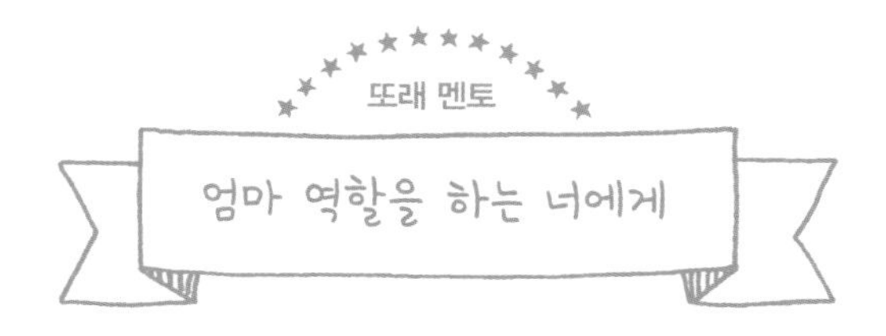

친구야!

나는 여기 센터에서 선생님들한테 "넌 참 '별종'이다."라는 말을 듣곤 해. 나처럼 어른을 알아보고 예의 바르고 장점이 많은 애가 이곳에 왜 들어왔는지 모르겠다고 말이야. 생각해보면 이런 내 행동의 중심에는 엄마가 있었어. 엄마는 나에게 늘 '어른들에게 공손해라.', '도움이 필요한 사람이 있으면 네가 먼저 다가가라.'고 가르치셨거든. 엄마는 시장에 가면 장사하는 할머니들을 "어머니"라고 부르면서 힘내시라, 아프지 마시라며 그분들 손을 잡아주던 분이었어.

그랬던 엄마는 내가 중학교에 입학하던 날, 집을 나갔어. 그때 여동생은 초등학생이었어. 현관 키는 옆집에 맡기고 문 앞에 쪽지를 남긴 채였어. 나와 동생은 이틀 동안 한잠도 못 자고 울기만 했어. 충격에서 깨어나고 보니 엄마의 일을 모두 내가 해야 했어. 동생을 깨워 학교에 보내야 하고, 밥도 해야 하고…….

내 시간이 없었어. 학교는 항상 지각이었어. 엄마가 나가고 나니까 의지할 사람은 없고 내게 의지할 사람만 있더라고. 외롭고 버거웠던 난 친구들을 찾았어. 그들에게 의지하고 싶어서. 그때 만약 아빠가 나를 따뜻하게 대해주었다면……. 난 평소에 아빠가 무서웠지만 말이라도 주고받고 싶었어. 열심히 엄마 역할까지 하고 있는 딸에게 말 한마디라도 따뜻하게 해줬으면 좋았을 텐데.

친구야!

아빠도 낙이 없었겠지. 하지만 내가 친구를 만나고 좀 늦게 들어오면 "내가 너희들에게 무슨 죽을죄를 졌냐." 하시면서 화를 내니까 정말 다 포기하고 싶었어. 그러다 아예 집을 나왔어. 더 이상은 못 참겠더라고.

친구야!

엄마는 떠나기 전 나에게 이런 말을 남겼어. "너는 엄마 없이도 잘 지낼 수 있을 거다. 너만 믿는다."라고. 엄마는 그때부터 떠날 마음을 가졌던 거야. 그런데 생각해봐. 어떻게 어린 딸이 엄마를 대신할 수 있겠어. 집을 나가기 전 엄마는 성실하게 마트 일을 했어. 평소 엄마가 이웃과 정을 나누며 어른들에게 잘하는 모습을 난 곁에서 다 지켜봤고, 누가 시키지 않아도 내 몸이 그런 엄마의 모습을 따라 하고 있었어. 그러니까 나의 행동은 엄마가 보여준 모습을 닮은 거야. 그 점은 엄마에게 감사해. 그런데 닮지 말아야 할 것까지 따라 한 거야. 엄마처럼 나도 집을 나왔으니까. 덩치로 보면 난 어른과 맞먹어. 키 170센티에 체격도 듬직해서 겉보기엔 어른 같아. 그래서 엄마는 날 믿었을까? 겉모습은 어른 같아도 아직 청소년에 불과했는데……. 엄마도 왜 몰랐겠어. 그러면서도 그때는 엄마 자신이 편한 쪽으로 해석했을 거야.

친구야!

집을 나와 지낸 3년 동안 아빠는 나에게 전화 한 통 없었어. 그런 아빠가 센터에 있는 나를 처음 면회 오신 날 나에게 미안하다고 하셨어. 그때 난 통곡하며 울었어. 아빠의 그 한마디에 모든 원망과 아픔이 사라졌어. 그날 나는 선생님들께 아빠가 사 오신 초콜릿을 나눠드렸어. 우리 아빠가 사온 거라고, 나한테 미안하다고 말했다고 자랑하면서.

친구야!

얼마 전 엄마가 살고 있는 곳을 알게 됐어. 처음에는 원망스럽고 미웠는데 이젠 다 지나간 일이야. 조금씩 엄마를 이해하고 미워하지 않으려고 해. 좋은 점만 기억하려고 해. 친구야, 넌 엄마의 어떤 점을 닮았니? 아빠는 무섭니? 너에게 칭찬도 해주시니? 엄마, 아빠의 좋은 점만 닮자. 그러나 엄마의 가출은 절대 닮지 말자.

'엄마' 그 이름만으로도……

엄마의 이름에는
은은한 제비꽃 향내가 난다.

엄마의 이름에는
봄 햇살 같은 따뜻한 기운이 감돈다.

엄마의 이름에는
마음도 설레게 하는 봄바람이 분다.

'엄마' 그 이름만으로도……
지구의 무게도 견딜 수 있는 힘이 생긴다.

엄마의 마음을 지닐 수 있기를
엄마라는 이유만으로 자신이 지닌
엄청난 힘을 깨닫기를
그리하여 엄마이기를 포기하지 않고
이 거룩한 이름을 끝까지 지키게 하소서.

아빠 저 좀
봐주세요

나는 친구들에 비해 몸집이 작고 왜소하다. 성격도 예민하고 섬세하다. 매듭 팔찌 만들기를 좋아하고 옷을 입어도 매치가 잘되도록 색깔에 신경을 써서 입는다. 평상시 내가 즐기는 것은 여동생 애지와 쇼핑하는 거다. 이런 얘길 들으면 "남자 새끼가 쪼잔하게……."라면서 비웃을지 모르겠다. 여동생 애지는 질투의 대상이기도 하다. 내가 아빠에게 카톡을 보내면 아빠는 몇 마디로 끝이다. 그런데 동생이 하면 댓글이 계속 이어지곤 한다. 하루는 애지에게 핸드폰을 달라고 하여 아빠한테 온 글을 확인한 적도 있다. 전화도 여동생이 하면 자상하게 받아준다. 그런데 내가 하면 "또 무슨 사고 쳤냐?" 하는 식이다. 어느 때는 "왜 전화했어, 바쁜데." 하면서 곧 끊으신다. 아빠가 하시는 일이 전기 쪽 일이어서 여유롭게 통화할 수 없을 거라는 건 이해하지만 그래도 서운한 건 어쩔 수 없다.

언젠가 아빠한테 들은 얘기가 있다. 아빠 회사 동료가 일을 하면서 전화를 받다 감전이 되어 고층 건물에서 떨어졌다고 했다. 그 얘기를 들었을 때 난 혹시라도 우리 아빠한테 그런 일이 벌어지면 어떻게 하나 지레 겁먹고 거실로 나와 눈물을 닦았다.

하루는 아빠한테 전화를 했는데 웬일인지 받지 않았다. 평소 같으면 전화기 너머로 무뚝뚝하지만 몇 마디라도 해줬는데……. 난 혹시라도 사고가 났을까봐 걱정이 되어 1분마다 계속 카톡과 문자를 보냈다. 한참 후에야 낯선 어른이 전화를 받았다. 그분은 지금 회식자리인데 아빠가 술을 너무 많이 마셔서 전화를 못 받는 상황이라고 했다. 나는 놀란 가슴을 쓸어내렸다. 그때 아빠가 혹시 잘못되기라도 했으면……. 정말 상상하기도 싫다.

우리는 얼마 뒤 고모네가 사는 이천으로 이사를 갔다. 그곳에서 아빠가 좋은 조건으로 일을 할 수 있는 제안이 들어와서다. 여동생과 나는 할머니랑 같이 살았다. 아빠는 한 달에 한두 번만 집에 오셨다. 그때도 어른들의 관심은 여동생한테만 쏠렸다. 아마 동생보다 세 살이 많은 나는 혼자서도 잘할 수 있으리라 믿었던 것 같다. 아빠도 여전히 동생을 더 챙겼다. 사실 난 그때 가장 어려운 시기를 겪고 있었다. 새로 옮긴 학교에서 아이들에게 괴롭힘을 당하던 중이었다. 나는 혼자 끙끙 앓지 않고 담임 선생님께 먼저 말하고 아빠한테도 도움을 청했다. 그때나 지금이나 또래 아이들보다 체격이 작고 힘이 없었던 나는 아빠에게 "아빠, 나 아이들한테 괴롭힘 당하는데 어떻게 해야 돼요?" 하고 물었다. 소파에 앉아 담배를 피우고 있던 아빠는 화가 난 듯 담배 연기를 소리 내어 밖으로 내뱉더니 "힘이 없더라도 부딪쳐. 만약 물건을 들더라도 네가 먼저 들고, 맞부딪쳐봐."라고 했다.

며칠 후에는 담임 선생님이 아빠한테 전화를 했다. 인호가 요즘 힘들다고. 옆에서 좀 도와주라고.

그날 집에 오신 아빠가 물었다.

"너, 학교에서 누구한테 맞냐?"

"네."

그러나 아빠 말은 똑같았다. 괴롭히는 애들이랑 부딪치라고. 처음에는 아빠 말대로 했는데 아이들한테 되레 몇 대 더 맞고선 그 생각이 없어졌다. 그 후에도 아빠는 학교에서 연락이 오면 "너 왜 애들한테 맞고 싸돌아다니냐." 하는 식으로 훈계만 했다. 만약 동생이 그랬다면 "그래, 내가 선생님한테 말해줄게."라고 했을 거다. 그때부터 난 온갖 생각이 다 들었다. '아빠가 왜 나한테만 차갑게 대하지?', '동생이랑 내가 다를 게 뭐지? 나도 같은 배에서 태어났는데.' 심지어 '내가 아빠 자식이 아닌가?'라는 의심까지 했다. 그러다가 '아빠 저 좀 봐주세요.'라는 마음으로 사고를 쳤다. 경찰서에서 조사를 받을 때 경찰 아저씨가 물었다. 아빠랑 지내는 시간은 있느냐고. “아니요, 얘기할 시간이 없어요. 아빠는 회사 숙소에서 살아요.” 경찰 아저씨는 말을 끊고 컴퓨터 자판만 쳤다. ‘내가 불쌍해 보이나?’ 속으로 생각했다.

첫 사고는 중학교 2학년 때 쳤는데 그때는 동생하고 같이 했다. 핸드폰 매장에서 전시용 핸드폰을 충전시켜서 게임을 하다 애지에게 “우리 이거 가지고 가서 팔까?”라고 떠보았다. 애지는 하지 말라고 말렸다. 난 듣지 않고 일을 냈는데 금방 잡혔다. 전시용 핸드폰에 유심칩이 꽂혀 있었는데 그것도 모르고 집에 전화를 한 게 실수였다. 매장 주인이 전화번호를 알아내서 연락을 한 것이다. 아빠가 급히 올라와 80만 원을 배상하고 해결해주었다. 그날 밤 아빠는 검정테이프로 둘둘 말은 나무 막대기로 나와 동생의 엉덩이를 때리셨다. 나는 50대, 동생은 10대. 피멍까지 들었다. 아빠가 화를 내며 물었다.

“너, 대체 뭐가 불만이냐? 너 내 자식 맞아?”

그 말에 나는 폭발했다.

“아빠가 나한테 해준 게 뭐 있어요?”

그러고 나서 큰소리로 덧붙였다.

“아빠는 내 말은 듣지도 않고 동생 말만 믿잖아요. 난 자식이 아니에요? 주워왔어요?”

의심을 하면서도 그게 사실일까 두려워 근처에도 가지 않으려 했던 내 출생에 대한 의심을 스스로 묻고 말았다. 아빠는 내 말에 반응하지 않았다. 아빠는 한참을 허공만 쳐다보더니 힘없이 말했다.

"가서 씻고 자라."

방에 들어와 누웠지만 잠이 오지 않았다. 아빠에게 큰 상처를 준 것 같아 마음이 아팠다. 그때 아빠가 나를 불렀다.

"인호야, 잠깐 나와봐라."

내 이름을 부르는 아빠의 목소리가 가늘게 떨리고 있었다.

"어떠냐? 아프냐?"

나는 아무 말도 하지 않았다. 아빠는 비상약 박스에서 연고를 꺼내어 아픈 부분에 발라주었다.

"아빠도 너 때리는 거 마음 아프니까 사고 치지 말아라."

나는 대답 대신 아빠에게 물었다.

"아빠, 나 진짜 육교 밑에서 주워왔어요?"

아빠는 어이가 없다는 듯 소리 없이 웃으시며 말했다.

"인호야, 넌 내 자식이야. 그건 아빠가 화가 나서 한 말이야. 믿지 마."

나는 숨을 한 번 길게 쉬었다. '아, 난 아빠 자식이구나.' 하고 안심했다.

2주일 뒤, 간만에 집에 오신 아빠와 함께 고기를 구워 먹었다. 그날 밤 아빠는 처음으로 엄마에 대한 이야기를 해주셨다. 아빠는 나와 동생이 엄마의 사랑을 받지 못한 것을 안타까워하시며 말을 잇지 못했다. 그날 밤 나는 혼자 밖에 나와 음악을 들으면서 많이 울었다.

그 이후로 나와 아빠는 조금씩 가까워졌다. 최근에 내가 또 사고를 쳐서 분위기가 잠시 냉랭해지기도 했지만, 예전과는 달리 자상하게 대해준다. 나도 주눅 들지 않고 "아빠 잘 지내셨어요?", "안 아프세요?", "밥은 드셨어요?", "동생은 옆에 있어요?" 하고 먼저 묻는다. 이제는 애지가 곁에 없을 때면 종종 아빠와 동생 흉을 보기도 한다.

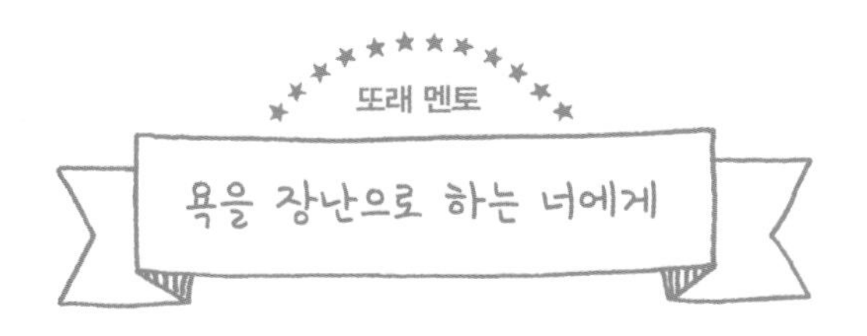

안녕, 친구들아!

나야. 너희들이 왕따 시킨 인호. 이 편지는 특히 날 왕따 시키는 데 주역이었던 너에게 보내고 싶어.

친구야!

왜 내가 우리 아빠 얘길 하다가 너를 부르는 걸까? 내가 처음 사고를 친 이유는 아빠한테 관심을 받고 싶어서였어. 그 당시에는 아빠가 좀 더 나에게 다가와줬으면, 학교에서 너를 비롯한 아이들한테 내가 얼마나 무시당하고 있는지 알아줬으면 하는 마음에 반항한 거였어. 만약 너희들이 날 괴롭히지 않았다면 난 평소에 아빠에게 서운한 감정이 있긴 했지만 그것 때문에 도움을 청하지도, 애원하지도 않았을 거야. 처음에는 아빠에게 관심을 받고 싶어서, 그 다음에는 왕따 당하는 스트레스를 풀고 싶어서 사고를 쳤지. 그러다가 나중에는 돈이 필요해서 계속 사고를 쳤어.

친구야!

넌 초등학교 때부터 나를 괴롭혔어. 그러다가 내가 3학년 때 전학을 갔고, 중학생이 되었어. 그런데 어느 날 다른 중학교의 '학교폭력 위원회'에서 우리 학교로 전학을 시킨 아이가 있었는데 그게 바로 너였어. 그때가 중학교 1학년이었지. 난 네가 또 나를 괴롭힐까봐 너랑 마주치지 않으려고 도망 다녔어. 너는 내 옆 반이어서 더더욱 초조했어. 하지만 결국 너랑 부딪히게 됐어. 너는 나에 대한 소문, 그러니까 초등학교 때 왕따를 당했다는 소문을 퍼트려서 아이들이 날 놀리고 때리고 물건을 던져서 맞게 했어. 일방적으로 괴롭히고, 화도 내지 않고 그냥 말하듯이 온갖 욕을 다 했어.

너, 생각나니?

어느 날 점심시간이었어. 어떤 아이가 내 어깨를 일부러 치는 바람에 식판에 담긴 음식물이 마구 섞이고 식당 바닥에도 쏟아졌지. 그 애는 그냥 지나갔어. 난 아무렇지 않은 척하고 앉아서 그 밥을 먹었어. 그런데 어디서 나타났는지 너는 나를 마주보고 앉더니 비웃으며 말했어. "그런 밥을 왜 먹냐? 왜 배식을 해? 왜 흘리고 쳐 먹어." 그때 난 너무 힘들어 밥을 다 버리고 나와서 선생님께 도움을 청하러 갔어. 이런 일이 있었는데 그 친구를 어떻게 좀 해달라고 말했어. 왕따를 당해도 부모나 선생님께 알리지 않는 아이도 있지만 난 어른들을 바로 찾아갔어. 하지만 별 도움이 되지 않았지. 어떤 선생님은 피해자와 가해자를 동시에 앉혀 놓고 가해자한테 "네가 괴롭히고 욕했다며? 그냥 친구들끼리 싸운 거니까 사이좋게 화해해라." 하셔. 피해자는 기가 막히지만 가해자는 일단 미안하다고, 앞으로 괴롭히지 않을 거라고 말해. 하지만 학교 밖으로 나오는 순간 "너, 왜 일렀어? 너 뭐 하는 짓이야." 하고 확 돌변해. 상황은 그대로야. 부모님한테 말씀드려도 비슷해. 내 이야기를 듣고 흥분해서 학교에 전화라도 하면 "몇 반 누구네 엄마가 학교 폭력을 당했다고 신고했대." 이런 식으로 학교 전체에 소문이 쫙 퍼져. 이런 게 창피해서 말 못 하는 경우도 있어. 가해자인 넌 모를 거야. 나처럼 학교 폭력을 당하면 성격이 아무리 외향적이고 활발한 아이도 폐쇄적으로 변해. 부모에게는 더 신경질적으로 대하고 학교에서는 소심한 성격이 돼.

친구야!

네가 나에게 했던 욕 가운데 가장 아픈 욕이 뭔지 알아? "왜 사냐?"라는 그 말이 참 많이 힘들었어. 그때 내 심정은 말 그대로 살기가 싫었어. '난 왜 태어났을까?', '내가 그 말을 똑같이 너한테 한다면 넌 어떤 기분일까, 나랑 똑같지 않았을까?' 그런 생각을 하면서도 난 네가 두렵고 무서워 피하기만 했어. 그게 지금도 생각할수록 바보같고 정말 후회스러워. 만약 다시 그 상황으로 돌아간다면 너에게 절대 당하고만 있지 않을 거야. 무섭더라도 용기를 내어 내 의견을 정확하게 말할 거야. "나한테 이러지 마.", "나 이런 거 할 수 없어. 안 해." 어느 순간 내가 이렇게 나왔다면 너는 계속 괴롭히다가도 당황해하며 '이게 뭐지? 이게 약간 정신이 어떻게 됐나? 내가 더 이상 무섭지 않나?' 하면서 점점 재미가 없어져 간섭을 안 하게 되어 날 포기했을 거야. 그래서 초기에 용기를 내어 확실하게 내 의견을 얘기해야 했고, 딱 잘라서 거절하는 게 가장 좋은 방법이었어. 너에게 맞선다는 게 당연히 무서울 수 있어. 그러다가 엄청 맞기도 할 거야. 그러나 정당하지 않은 것은 끝까지 거절하는 게 옳아. 그렇지 못했기에 넌 나를 만만하게 보고 더 큰 것을 요구했던 거야. 난 이 말을 현재 왕따 당하고 있는 친구들에게 꼭 해주고 싶어.

친구야!

너도 알 거야. 학교 폭력으로 자살까지 생각하는 아이도 있다는걸. 난 경험자로서 그 아이한테 한마디로 말할 거야. "자살하는 것도 용기가 필요해. 그 용기를 가지고 싫다고 딱 잘라서 거절해."라고. 너의 의견을 처음부터 끝까지 강하게 전하면 언젠가는 널 포기하게 돼. 그리고 학교 선생님이나 아빠나 다른 사람들한테 얘기하는 것도 꼭 필요한 일이야. 그 상황에서 정말 벗어나고 싶다면 제일 먼저 해야 할 행동은 스스로 용기를 내는 거였어.

그런데 친구야! 넌 날 계속 왕따 시키다가 갑자기 태도가 달라졌어. 처벌 받은 후부터 그런 것 같아. "요즘 불편한 거 없어?" 하고 묻기도 하고, 나를 괴롭히는 아이들을 혼내주기도 하고 말이야. 하지만 난 학교를 그만둘 수밖에 없었어. 그때 왜 날 그렇게 괴롭혔니? 지금도 아이들을 왕따 시키니?

추신: 너에게 처음이자 마지막으로 쓴 편지를 마무리하면서 이야기 하나 전해줄게.

〈전남 광주에서는 매년 겨울방학 때마다 중.고등학생 농구 동아리들이 모인 가운데 돈보스코 아마추어 농구대회가 열린다. 2015년 겨울, 이번 대회에는 갑자기 특별상을 수여했는데 이 상을 받게 된 팀원 중의 한 학생은 오른손 손가락이 두 개뿐이었다. 그럼에도 그 학생은 농구공을 잡고 드리블을 하며 슛을 했다. 팀원들은 친구를 소외시키거나 특별하게 배려하지 않고 똑같이 대해주면서 경기를 했다. 그 모습에 감동하여 심사위원들의 만장일치로 특별상을 수여했다. 관중들도 그 팀이 슛을 할 때마다 큰 박수로 격려했다.〉

숨은 마음 찾기!

“이게 뭐니?”라는 말 속에는
‘넌 이것보다 훨씬 더 잘할 수 있는 가능성이 있단다.’라는
나에 대한 기대가 들어 있고

“네 마음대로 해봐, 어디!”라는 말 속에는
‘아빠가, 엄마가 너를 도와주고 싶은데 어떻게 해야 할까?’라는
사랑의 안타까움이 담겨 있고

“아예 밖에서 살지 뭐하러 들어왔어?”라는 말 속에는
‘이렇게 무사히 돌아와줘서 고마워.’라는
안도의 한숨이 서려 있다.

우리는 진심을 표현하는 데 무척 서툰 사람들
눈에 보이는 것 너머에 자리 잡은
진실된 마음을 읽을 수 있는 빛을 비추소서!
‘너를 정말 아끼고 사랑한단다.’
그 소중한 말을

서로의 눈빛을 바라보며 나누게 하소서!

이번 달
라우라는 나야

나는 편의점에서 컵라면을 먹다가 경찰에게 붙잡혔다.

'올 것이 왔구나. 그래, 내가 잘못한 거니까. 언젠가는 잡힐 줄 알았어.'

나는 멍한 상태로 은평경찰서 유치장에 갇혔다. 유치장 안은 사면의 시멘트벽과 바닥에서 올라오는 습한 냉기로 몹시 추웠다. 세끼 반찬 통엔 단무지, 밥, 국이 나왔다. 엄마는 딸이 붙잡혀 있는 일주일 동안 한 번도 안 찾아왔다.

나의 범죄는 가끔씩 어울려 노는 친구들이 하는 걸 보고 따라 하고픈 충동에서 시작되었다. 어느 날 나는 친구와 함께 계획을 짰다. 하얀 피부에 단정한 교복 차림, 모범생처럼 생긴 나를 누가 의심하겠는가.

"하이힐 신은 여자에게 다가가 휴대폰 좀 잠깐 빌려달라고 해. 주면 바로 튀는 거야." 그 다음 인터넷으로 거래 시작.

"휴대폰 사실 분." 하고 올리면 "네, 연락주세요. 언제든지 갑니다." 바로 답변이 오고 나는 만날 장소를 알려준다. "여기, 증산역이에요. 몇 번 출구로 와주세요. 휴대폰은 갤럭시 노트예요." 물건을 사러 온 남자는 우리가 가지고 온 휴대폰에 흠이 있는지 꼼꼼히 확인하여 A부터 C까지 등급을 매기고 돈을 주고 사 간다. 나는 열흘 동안 일곱 차례 모두 같은 수법으로 휴대폰을 갈취하여 똑같은 남자에게 팔았다. 나는 그 돈으로 갖고 싶은 것도 사고, 먹고 싶은 것도 자유롭게 사 먹었다.

재판을 받고 센터에 갓 입소하면 한 달 동안 '씨앗반' 적응 프로그램 수업을 받는다. 지금까지 밖에서 보낸 우리들의 '니나노 생활'을 청산하고 다시 학생다운 모습을 찾아가는 기간이다. 수업 막바지에는 얇고 작은 책 《안녕, 마인》을 모두 읽는다. 아르헨티나 청소년 '라우라'가 열악한 환경과 온갖 유혹 속에서도 끝까지 자신을 지킨 실화를 편지 형식으로 엮은 책이다. 읽다 보면 책 속 주인공 라우라와 금방 마음이 통한다. 비록 사는 곳은 다르지만 어려운 가정 형편, 가정폭력 등 우리와 비슷한 점들이 많기 때문이다.

센터에서는 매월 한 명을 뽑아 '라우라 상'을 수여한다. 이 상은 열심히 잘 살아서 주는 게 아니라 앞으로 열심히 살겠다고 다짐하고 노력하는 아이에게 주는 상이다. 수상자는 '이달의 라우라'로 불린다.

나는 학교에서 그랬던 것처럼 센터에서도 힘들고 스트레스를 받으면 봉사 활동으로 풀었다. 봉사를 하면 선생님이 칭찬해주니까 기분이 좋고 스트레스가 사라졌다. 그러나 센터 아이들은 그런 내 행동을 가식이라고 욕했다. 선생님들께는 90도 각도로 인사하고 "봉사할 것 있어요?" 하면서 정작 자기들에게는 툭툭거리며 "뭐 해? 야, 뭐 하는 거야?" 하고 비꼬듯 얘기한다면서 나의 봉사 활동을 도마 위에 올려놓고 칼질을 했다. 그래서 나는 라우라 상을 받기로 결심했다. 내가 라우라가 되면 아이들이 노골적으로 비난하지 않고 또 내 봉사를 가식으로 보지 않을 것 같았다.

라우라가 되려면 좀 특별한 과정을 거쳐야 한다. 자기가 상을 받겠다고 적극적으로 나서야 한다. '라우라 추천서'를 들고 다니며 아이들 열 명과 스태프 다섯 명의 사인을 받아야 한다. 이 과정이 몹시 쑥스럽긴 하지만 막상 시작하고 나면 포기하고 싶지 않다. 사인 받은 추천서를 팀장 수녀님께 제출하면 교사회의를 거쳐 '이달의 라우라'를 뽑고 매월 22일에 발표한다.

라우라로 뽑히면 상장과 함께 약간의 혜택도 누릴 수 있다. 나는 좀 예외지만 아이들은 포상으로 떨어지는 혜택을 바라고 도전하는 경우가 더 많다. 선생님과 수녀님들은 평소 은근슬쩍 우리에게 미끼를 던진다.

“얘, 지원아. 라우라 한번 도전해봐.”

“제가요?”

“그럼, 열심히 하면 될 수 있어.”

“정희야, 넌 그 욱하는 성질만 고치면 라우라 상, 충분히 받을 수 있는데…….”

“그러게요.”

“수민아, 너도 생각 있지?”

“히히, 알았어요.”

과거의 행실을 보면 우리들은 한마디로 싸가지 없이 살아온 아이들이다. 하지만 그렇다고 해서 소녀의 순수함과 선한 마음까지 없어진 걸까? 그건 아니다. 단지 아픔과 분노와 나쁜 습관에 잠시 묻혀 있을 뿐이다.

나의 첫 번째 라우라 도전은 실패였다. 기대가 컸던 만큼 실망도 컸다. 두 번째 도전에서도 이번 달에는 라우라가 될 만한 사람이 없다고 발표했다. 이달의 라우라는 추천서를 받았어도 평소에 너무 행동이 안 좋으면 선정을 하지 않는다. 실망과 함께 충격을 받았다. 나를 뽑아주지 않은 수녀님과 선생님들 욕을 하고 다니면서 평상시에 잘했던 봉사도 하지 않았다. 세 번, 네 번 추천서를 냈으나 실패, 또 실패. '아, 나라는 사람은 이것도 될 자격이 없다는 건가?'

다섯 번째 도전할 때는 잠도 제대로 못 잤다. 문득 현정이가 한 말이 떠올랐다. "아영아, 너 또 추천서 냈다며? 그런데 경쟁이 장난이 아닌가봐." 나는 속으로 '이번에도 안 되면 어떡하지?' 고민하며 간절한 마음을 담아 라우라 언니에게 기도했다.

라우라 상이 발표되는 22일 아침 모임 시간. 내 이름이 불리자 너무 놀라 그만 빽, 소리를 지르고 말았다.

상장, 송아영. 어제보다 오늘, 오늘보다 내일 더 성장하려고 노력하는 위 사람의 생활 태도가 다른 친구들의 귀감이 되길 바라며 이 달의 라우라로 임명합니다.

나는 상장과 포상 그리고 매일매일 착한 일 두 가지 이상을 기록하는 〈라우라 선행 노트〉를 미선이로부터 인계받았다. 라우라로 뽑히면 날마다 자신의 선행을 이 노트에 기록하는데 정말 놀랍게도 하루에 한두 가지가 아니라 열 가지도 넘게 선행을 실천한 라우라가 대부분이었다. 나는 지난 달 라우라로 선정된 미선이의 기록을 읽어 보았다.

1. 3층 계단에 떨어져 있는 사탕 껍질을 주워 쓰레기통에 버렸다.

2. 세탁실 바닥에 떨어져 있는 옷걸이들을 걸어두었다.

3. 사이가 어색한 친구에게 조금 더 가까워지자는 편지를 썼다.

4. 경혜 선생님을 도와 1층에 있는 화분에 물을 주었다.

5. 지현 언니와 작은 다툼이 있었는데 내가 먼저 사과했다.

6. 다른 사람의 고민을 들어주었다(슬비 언니).

7. 볼펜 주인을 찾아주었다.

8. 조그만 것에도 감사하다는 말을 했다.

9. 샤워실 신발이 나와 있어 집어넣었다.

10. 식당 쓰레기통이 넘칠 것 같아서 손으로 꾹 눌렀다.

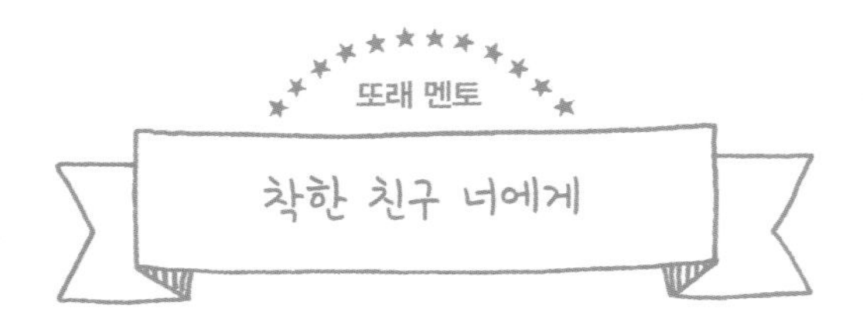

안녕! 친구야.

내가 마자렐로 센터 '라우라'로 뽑힌 후 나에게 어떤 변화가 있었는지 말해주려고 해.

솔직히 가끔씩은 하기 싫을 때도 있었고, 내가 왜 추천서를 냈는지 후회도 했어. 그런데 막상 딱 한 달이 지나니까 허무했어. 매일 저녁 자율학습 때마다 그날의 숨은 선행을 노트에 썼는데 이제는 새로운 라우라인 태이한테 가 있잖아. 엄청 섭섭하고 슬프기까지 했어. 하루도 밀리지 않고 꼬박꼬박 기록해왔는데 말이야. 라우라를 한 뒤로는 아이들이 나를 좋게 봐줘. 그럴 때면 진짜 라우라 하길 잘했다는 생각이 들었어. 예전에 아이들이 퇴소하면서 나에게 써준 편지를 읽어보면 "너는 입이 싸고, 말 전달이 심해서 네 앞에서는 얘기도 않고 피했다."는 둥 안 좋은 말이 많았는데, 요즘엔 "아영아, 넌 진짜 착한 것 같아."라면서 긍정적인 말을 써주고는 해.

라우라 마지막 날 내가 쓴 선행 노트를 처음부터 다시 읽어보면서 얼마나 내 자신이 달라졌는지 알게 되었어. 나도 놀랐어. 아이들한테 하는 봉사보다 선생님께 하는 봉사가 더 많이 적혀 있을 줄 알았는데 아니었거든. 내가 즐기면서 좋은 마음으로 하니까 친구들을 도와주는 게 훨씬 많았어. 라우라 하기 전에는 아이들이랑 별로 안 친하고 같이 어울리는 친구도 없었는데, 라우라가 끝난 후에는 친구도 많아지고 나에게 고민을 털어놓는 친구도 생겼어.

친구야!

성탄절에 내가 한 선행 중 한 가지는 아직도 나한테 큰 기쁨을 주고 있어. 그 날 센터에 민정이가 새로 들어왔어. 이곳이 처음인 그 애는 다른 아이들을 피하고 싶은지 자기 옷으로 자꾸만 입을 가리고 얼굴을 가렸어. 마치 나의 첫 입소 때 모습과 비슷했어. 난 그런 민정이를 옆에서 많이 챙겨줬어. 한 달이 지난 지금 민정이는 다른 아이들과 무척 잘 어울리고 있어. 그렇게 변한 민정이를 바라볼 때마다 꼭 엄마가 성장한 딸을 보고 뿌듯해하는 그런 마음이 들어.

사랑하는 친구야!

라우라가 된 후부터 친구들을 돕고 고민을 들어주는 일들이 더욱 행복한 일이 되었어. 날 믿어주는 친구들이 정말 고마웠어. 아이들이 다가와줄수록 내가 한 숨은 선행들이 정말 대견하고 뿌듯했어. 때론 '이거 꼭 내가 해야 하나?' 이런 생각도 들어. 그러나 일단 책임감 때문에 쉽게 지나치지 못하고 하게 돼. 하고 나면 정말 뿌듯하고 '라우라가 끝나도 계속해야지!' 하고 다짐도 해.

선한 마음 친구야!

난 봉사가 큰 게 아니라 작은 거라는 게 신기했어. 봉사라고 하면 예전에는 불우이웃 돕기, 노인정에 가서 할머니 할아버지 도와드리기처럼 큰 것만 떠올렸어. 그런데 '이런 사소한 일도 소중한 봉사구나. 집에 가서도 쉽게 할 수 있겠구나.' 하면서 문득 엄마 생각이 났어. 몸이 아픈 우리 엄마는 힘들어하면서도 청소를 깔끔히 하셨는데 난 도와드리지 않았어. 집에 가면 가장 먼저 엄마 대신 청소를 할 거야. 그리고 내 이불은 스스로 개고, 내가 먹은 밥그릇은 내가 설거지할 거야.

친구야!

난 스스로 생각해도 참 많이 변했어. 옛날에는 공부도 중요한 것 아니면 대충하고 신경도 안 썼는데 라우라를 하면서 조그만 선행을 찾아 하다 보니까 뭐든지 다 열심히 하게 된 것 같아. 틀림없이 이 작은 선행이 내 미래에 도움이 될 수 있을 거라 여겨져. 하지만 그것보다 선행을 하고 나면 일단 내가 기뻤어. 누구의 칭찬이나 보상을 바라면서 하는 것도 아닌데 하다 보면 사람들이 어느 날 그걸 보고 칭찬해줬어. 그것만이 아니야. 내가 선행을 하면 신기하게 다른 애들도 따라서 했어. 이틀 전에는 방바닥에 떨어진 머리카락을 줍고 있는데 같은 방을 쓰는 유나가 "내가 할게." 하면서 같이 했어.

친구야!

이제는 착하게 살고 싶어. 우린 원래 선하고 착하지 않았을까? 처음부터 나쁜 아이가 있을까? 내가 마음먹기에 따라 착하게 살면 착한 친구들이 다가오고,

나쁘게 살면 나쁜 친구들이 날 찾는다는 걸 알았어. 다음 글은 라우라 언니를 소개한 《안녕, 마인》이라는 책에 있는 글인데 읽으면서 막 눈물이 났어.

"사랑하는 친구야! 산다는 것은 말이야. 누구에게나 슬픔도 기쁨도 그리고 어려움도 즐거움도 모두 공평하게 다 겪게 되어 있어. 난, 네가 이곳 센터에서 정말 잘 적응하고 새롭게 변화되길 바랄게. 그리고 어려움이 있으면 날 기억해. 나도 너에게 힘이 되어줄게. 난 너와 늘 함께하고 싶어. 날마다 기쁘게 바르게 살자."

나의 착한 친구야, 나도 너에게 힘이 되어줄게.

거울

무감어수 감어인(無鑑於水 鑑於人)
물에 자신을 비추지 말고 사람에게 자신을 비추어라.

아름다운 사람은 그 존재의 향기로 다른 사람을 물들인다.
사람이 꽃보다 아름다운 건
그 사람의 향기가 시대와 공간을 초월하여
세상을 아름답게 비추기 때문이다.

아름다운 사람을 만났던 이는
그 사람이 스치고 지나간 흔적,
그 사랑의 흔적이
영원히 지워지지 않고 가슴에 남아
그 사람의 길을 따라
또 다른 길이 되어 오늘을 걸어간다.

젊음이여!
아름다운 사람의 향기를 만나

그 향기로 물들고,

그 흔적을 따라 아름다운 삶의 길을 걸어가렴.

영혼을 비추어볼 수 있는

맑은 영혼의 거울들을 찾으렴.

그리고

네가 맑은 거울이 되렴!

끝까지 감싸주었던 선생님들

담임 선생님은 나에게 약도를 뽑아주시며 걱정스러운 눈빛으로 잘 다녀오라고 말씀하셨다. 내가 찾아가는 곳은 법원이었다. 선생님 입장에서 보면 제자가 법원 문턱을 밟는 게 기쁠 리가 없을 텐데도 항상 날 챙기셨다. 가장 기억에 남는 담임 선생님은 여자분이었다. 결혼하여 두 아이가 있다고 들었다. 학교에 오지 않는 날이 출석하는 날보다 많았던 나에게 선생님은 얼굴만이라도 비치고 가라고 사정하곤 하셨다.

그날도 선생님 전화를 받고 어쩔 수 없이 학교로 무거운 발걸음을 옮겼다. 교문에 들어서는데 수위 아저씨가 날 보자마자 야단을 쳤다.

"너, 그딴 식으로 할 거면 뭐하러 학교를 다니는 거냐? 학교 다니지 마라."

시간이 오전 11시가 훨씬 넘었으니 그럴 만도 하지만 순간 욱하는 마음이 들었다. 어떤 날은 아저씨가 손짓으로 불러서 가면 아무 이유 없이 한 대 때리기도 했다. 나는 수위 아저씨도 알아볼 만큼 학교에서 소문난 문제 학생이었다.

"아저씨가 왜 남의 일에 신경을 써요?" 했더니 곧장 담임 선생님께 전화를 했다.

"여기 3학년 6반 학생이 있는데 이 시간에 와도 되는 거 맞아요?"

수위 아저씨는 학교에 점심이나 때우러 오는 것 같은 학생을 그냥 들여보내는 게 용납되지 않았을 것이다. 그때 수화기 너머로 선생님의 목소리가 들렸다.

"예, 허락했습니다. 들여보내주세요."

선생님은 가는 길도 잘 모르는 나를 안타까워하시며 약도를 주면서 지하철은 몇 번을 타야 하고, 어디서 갈아타야 하는지를 상세히 알려주었다. 중간에 내가 잘 가고 있는지 확인 전화도 하셨다.

"네, 잘 가고 있어요. 도착하면 연락드릴게요."

"밥, 거르지 말거라."

선생님은 화낼 때는 무섭지만 속은 따뜻하신 분이었다. 잘못한 게 있으면 부모님처럼 크게 혼을 내시기도 했다. 내게 신뢰를 주셨던 분이었는데 선생님을 못 뵌 지도 1년이 지났다.

담임 선생님뿐만 아니라 교장 선생님까지 나에게 기회를 주자고 하여 벌써 유예될 것을 3~4주 더 늘려주었다. 나 때문에 3학년 선생님들이 아이들에게는 자습을 시켜놓고 모두 모여 회의를 했다는 소식을 들었을 때는 정말 죄송했다. 그럼에도 난 출석을 하지 않아 더 이상 유예할 수 없다는 통보를 받았다. 이 소식을 들은 영어 선생님이 안타까워하며 말을 건넸다.

"어디서부터 어떻게 잘못된 건지 모르겠구나. 선생님은 앞으로가 정말 걱정된다."

"더 기회를 주면 다닐 생각은 있니?"

이어서 교장 선생님이 한숨을 쉬며 말했다.

"아침에 학교에 왔다가 얼굴이라도 보이면 좋을 텐데…… 이렇게까지 기회를 줬는데도……."

교장 선생님은 그만 말을 끊으셨다. 난 선생님들 때문에라도 학교를 다니고 싶었다. 하지만 아이들이 싫을 때는 선생님들도 꼴 보기 싫었다. 교장 선생님이 내 어깨를 툭툭 치면서 "얘기 다 끝났으니까 가봐라." 하시며 사탕을 건네주셨다.

나는 학교를 못 다니게 된 뒤, 딱 한 번 학교에 갔다. 담임 선생님은 나 때문에 요즘 손에 일이 잡히지 않는다고 했다. 걱정을 끼쳐드렸다는 죄송한 마음보다 선생님의 사랑이 느껴져 오히려 기분이 좋았다. 나를 많이 챙겨주셨던 3학년 6반 담임 선생님은 기술과 가정을 가르치셨다. 학교를 그만둔 뒤에도 선생님은 나에게 종종 전화를 주셨다. 그러나 나는 그때마다 전화를 안 받았다.

하루는 누가 문을 두드리는 소리에 잠에서 깼다. 당시 학교에서 가까운 2층 건물 반지하 전세방에서 살고 있었는데, 선생님께서 수업이 없는 시간에 맞춰 찾아온 것이다. 처음에는 문을 안 열고 버티다가 결국 열었다. 그 시간까지 자고 있던 내가 창피하고 부끄러워 얼굴을 들 수가 없었다.

"시간이 있어서 왔다. 잘 지내?"

"네, 잘 지내요."

"지금 뭐 하고 있었어?"

"자고 있었어요."

"아 그래, 그럼 선생님 이제 갈게. 이거 먹어……."

선생님은 주스 세트를 건네주셨다. 나는 선생님을 학교 근처까지 모셔다드렸다. 잠시 후 선생님은 카톡을 보내셨다.

"나중에 또 볼 수 있으면 만나자."

아침마다 아이 둘을 유치원에 보내고 종종 학교에 늦게 오셨던 선생님은 날 안쓰럽게 여겼다. 선생님은 "너도 내 자식들처럼 고생을 하는구나. 엄마가 없다 보니까……. 힘들면 말해라. 내가 도와주마. 먹고 싶은 거 있으면 말해. 떡볶이도 사주마." 하셨다.

난 지금도 날 걱정하고 챙겨주신 선생님들의 성함을 기억하고 있다. 학교를 그만두던 날 나는 선생님들 앞에서는 참았지만 교문을 나가면서 눈물을 훔쳤다. 집으로 왔지만 아무도 없었다. 그대로 침대에 쓰러져 펑펑 울었다.

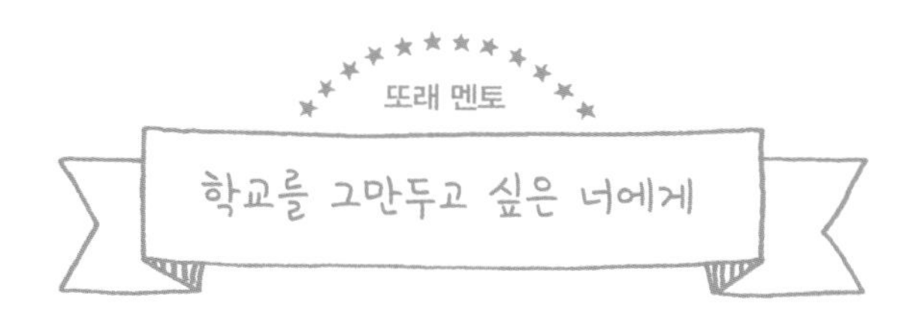

친구야!

우리 나이 때는 왠지 무조건 어른들이 싫어. 가까이 가면 잔소리나 들을 것 같고, 뭐 해라, 뭐는 하지 마라, 요구나 할 것 같고 말이야. 흔히 어른들이 우리한테 하는 말 있잖아. "다 큰 것들이 행동은 그게 뭐냐?", "어린 것들이 버르장머리가 없어." 어느 때는 다 컸다, 어떤 때는 어리다, 어른들 기분대로 우리를 판단하는 것 같아 싫지 않니?

친구야!

나처럼 일을 저지르고 재판받고 온 센터 아이들과 얘길 하다 보면 으레 학교 얘기가 나오는데 공통점이 있어. 선생님들은 어떻게 해서든 학생을 졸업시키려고 애를 쓴다는 거야. 이건 나도, 센터 아이들도 직접 경험해봐서 아는 거야. 한번은 담임 선생님이 나한테 이런 말도 하셨어. "공부는 안 하더라도 졸업은 해라. 네가 나중에 크면 선생님이 왜 이런 말을 했는지 알 거다."

친구야!

센터에 들어와서 뒤늦게 공부를 하다 보니까 깨달았어. 공부할 시기를 놓치면 다시 연필 잡기가 어렵고, 어디서 무엇을 하든 더 넓은 세상으로 나아가려면 적어도 중, 고등학교 졸업장은 필수라는 걸. 그래서 선생님들이 나를 볼 때마다 그렇게 안타까워했던 거야.

친구야, 센터에서 만난 한 친구의 얘기야. 중학교 3학년 때 학교 폭력으로 교내 해피스쿨 프로그램에 참여했어야 했는데 그 친구는 선생님을 보는 게 좋아서 나갔대. 해피스쿨 선생님은 자기를 포함한 네 명한테 엄청 잘해주셨대. 왜 그랬을까? 선생님은 이 애들이 잘못하면 크게 일을 저지를 것 같아서 미리 알아보시고 잘해주지 않았을까? 지금 생각해보니 그런 것 같다며 친구도 그 선생님께 고마워했어. 타일러서 되는 아이가 있고, 화내야 되는 아이가 있는데, 선생님이 보시기에 그 네 명은 크게 반항할 것을 알고 부드럽게 대해주셨던 거야. 학교를 퇴학당할 뻔했을 때도 그 선생님이 막아주셨대. 그런 선생님을 뵙기가 너무 죄송해서 학교를 안 갔는데, 생각이 짧았던 자신이 지금은 엄청 후회가 된다는 거야.

친구야, 그런데도 학교를 그만두고 싶다고? 학교를 다니지 않고도 앞으로 어떻게 할 것인지에 대해 구체적인 계획이 있고, 거기에 따른 노력이나 끈기, 열정이 있다면 난 너에게 그렇게 하라고 말해줄 수 있어. 계획도 없이 '학교가 나랑 안 맞는 것 같다.', '학교에 싫어하는 사람이 있어서.', '일찌감치 돈이나 벌까?' 이런 식으로 학교를 그만두려고 한다면 너에게 묻고 싶어. "학교 그만두면 뭐 할 건데?" 너에게 헛된 희망을 심어주면 안 될 것 같아서 그래.

나도 작년에 너랑 같은 마음으로 주변 사람들에게 말을 하고 다녔어. "나 학교 그만두고 검정고시 따서 내년에 고등학교 입학할까?" 깊이 생각하지 않고 얘길 했어. 그런데 그중 한 친구가 완전 직설적으로 얘기해주었어. "학교 관두면 뭐 하게? 학교 그만두고 사회에 나가면 사람들이 너를 진짜 평범한 사람처럼 대해줄 것 같아? 너를 정상적인 시선으로 쳐다볼 것 같냐고. 그리고 학교 안 가면 집에서 핸드폰만 하거나 다른 친구들 만나서 나쁜 짓 저지를 게 뻔하지 않아?" 이런 식으로 얘기하기에 솔직히 그때는 날 무시하고 비하하는 것 같아서 기분이 엄청 나빴어. 그런데 그 애 말이 틀린 게 없었어.

친구야!

확인하고 싶으면 네 주변에 학교를 그만둔 친구를 만나보는 것도 필요해. 학교를 중간에 그만둔 일은 여기 센터에 온 아이들 대부분이 가장 후회하고 있는 일이야. 만약에 그만두고 싶더라도 확실한 꿈이 생길 때까지는 다니라고 하고 싶어. 네가 뭘 하든지 간에 학교 생활에서 경험한 기본이 없으면 어려워.

게다가 학교를 그만두고 나면 이상한 아이들을 만나기 쉬워. 무조건 그런 건 아니지만 그런 아이들이 많은 편이야. 물론 학교 안에도 안 좋은 친구들이 있어. 그렇지만 좋은 아이들이 더 많고 친구들을 넓게 사귈 수 있어. 선생님들은 학교를 그만두면 비행을 저지르기 쉽다는 것을 누구보다도 잘 알고 계셔. 그건 경험자인 나도 같은 생각이야. 난 너의 선택이 잘되길 바랄게.

우리가 사랑해야 할 때

잎이 질 때가 있고
꽃이 필 때가 있다.

기쁠 때가 있고
슬플 때가 있다.

만남의 기쁨으로 반짝거릴 때가 있고
헤어짐으로 가슴 아파 빛을 잃을 때가 있다.

하늘 아래 모든 것에는 때가 있기에
두 번 다시 오지 않는 이 순간을 지혜롭게 살아가야 하리니

젊은이여,
충분히 사랑받아야 할 때 사랑받고,

이 순간이 영원이 됨을 깨닫고,
모든 순간이 사랑해야 할 때임을 알아,

오늘도 사랑하며 살아가기를!

집에 못 가니
집이 그리워

내가 살고 있는 청소년 센터 관장님 방 오른쪽 벽에는 큰 액자가 걸려 있다. 그 안에는 오래전 센터를 퇴소한 성제라는 아이가 쓴 글이 있다. 성제는 나랑 똑같은 나이에 이곳에 들어왔다. 성제의 글은 현재의 내 심정을 그대로 옮겨놓은 것 같다.

【제 40회 글짓기 대회 입상】
중학교 3학년 김성제

제목 : 기억에 남는 꿈

지금까지 나는 살아오면서 기억에 남는 꿈이 두 가지 있는데 그중 하나는 엄마와 누나들이랑 함께 밥을 먹는 꿈이었다. 가족이랑 밥을 먹는 게 다른 사람들에게는 아무것도 아니겠지만 나에게는 소중하고 행복한 꿈이었다. 왜냐하면 나는 죄를 지어 이곳 청소년 센터에 들어오게 되어서 가족들과 밥을 먹지 못하기 때문이다.

밖에서 생활했을 때는 가족이랑 같이 밥을 먹는 것을 아무렇지도 않게 생각했다. 매일 엄마가 밥 먹으라고 할 때도 친구들과 노는 시간이 줄어든다는 이유로 함께 먹지 않았다. 이곳에서는 가족들과 함께 밥을 먹고 싶어도 먹지 못한다. 늘 가까이 있어서 소중한 줄 몰랐던 가족들을 이제는 2주에 한 번, 그것도 딱 한 시간밖에 만날 수가 없다. 밖에서는 가족들이랑 이야기하는 게 행복이라고 생각해본 적이 없었던 것 같다.
나는 밖에 있는 친구들과 동생들에게 이 말을 전해주고 싶다. 가족과 함께하는 그 모든 것이 행복하고 소중하다고……. 나는 잠들기 전에 기도를 드린다. 가족과 함께 있는 꿈을 다시 꾸게 해달라고. 꿈에서만이라도 가족과 함께 있으면 정말 소원이 없겠고, 그렇게 되면 자면서도 입가에 미소를 지을 것 같다.

두 번째는 밖에 있을 때 꾸었던 꿈이다. 나는 집에서 누나들이랑 많이 싸웠다. 그래서 누나들이 집을 나가거나 죽었으면 하고 생각한 적이 많았다. 그런 생각을 해서인지 어느 날 밤, 꿈에서 누나의 장례식장에 가 있었다. 나는 슬퍼하지 않았다. 그리고 그 꿈을 꾼 후에도 아무런 느낌이 없었다. 지금에 와서 생각해보니 나는 정말 나쁜 동생이었던 것 같다. 우리 누나들은 주말마다 내게 면회를 와주고 내 걱정도 해주는데 나는 그런 누나들에게 정말 해서는 안 되는 나쁜 생각을 했다. 이 글을 쓰면서도 그런 생각을 했던 내 자신이 정말 한심하게 느껴진다.

나는 센터를 퇴소하면 친구들에게 꼭 이 말을 전해줄 것이다.
"가족, 시간이 정말 소중한 거라고……."
내가 이렇게 말을 해줘도 내 친구들은 예전의 나처럼 한 귀로 듣고 한 귀로 흘려버리며 무시할 테지만 나는 다시는 어리석은 일을 반복하지 않을 것이다. 오늘도 나는 가족과 함께 있는 꿈을 꾸게 해달라고 기도드린다.

나는 성제의 마음에 넘치도록 공감한다. 여기 있는 많은 아이들은 '집밥'을 먹고 싶어 하고, 가족을 그리워한다. 밖에 있을 때는 그렇게 집에 들어가기 싫어하고, 가족을 미워했는데 말이다.

우리 엄마는 김치찌개를 자주 해주셨다. 스팸이나 참치를 넣을 때도 있었는데 짜지 않게 해주었다. 밥도 그냥 쌀밥은 영양가가 떨어진다고 현미밥을 해줬다. 엄마는 아침마다 나를 깨워 학교를 보낸 후 일을 나가셔서 밤 9시에 들어오셨다. 좀 일찍 오시는 날은 월요일, 금요일인데 그날이면 장을 봐서 더 맛있는 음식을 푸짐하게 차려주곤 했다. 내가 고기 요리를 좋아해서 갈비나 돼지고기 찜을 자주 해주셨다. 엄마의 요리는 살짝 매콤하고 푸석푸석하지 않아서 좋다. 난 콩나물 같은 채소도 잘 먹었다. 엄마가 살짝 데쳐서 무친 콩나물을 씹으면 아삭아삭 소리가 났다.

엄마 음식과 여기 음식의 차이는 뭘까? 가장 큰 차이는 센터 음식이 나에게 익숙하지 않다는 점이다. 여기서는 반찬 종류도 많다. 하지만 나에게 익숙하고 정든 음식은 김치찌개 하나 올라온 엄마가 차려준 밥상이다.

나는 엄마가 "하지 마라, 하지 마라." 잔소리하면 일부러 더 했다. 하지만 막상 엄마랑 떨어져 있으니 잔소리도 듣고 싶다. 학교 가라고 깨우는 소리, 안 일어나면 흔들어 깨워주시던 모습. 그때는 엄마가 날 깨우는 게 너무 싫었는데…….

작년 6월 즈음, 안 좋은 친구들이랑 어울려 다녔다. 사고를 치고 다니면서도 엄마가 평상시 나에게 했던 "아들, 오늘 나쁜 짓 안 했지? 뭐 사고 친 거 없지?" 하는 말이 계속 들려서 멈추게 되었다. 그

토록 듣기 싫어했던 엄마의 잔소리가 어느 순간 생각났다. 사실 잔소리가 있어야 철이 드는 것 같다. 흔들리고 방황할 때 제지해주는 사람이 없으면 더 심해지고 깊어져 끝까지 가게 된다.

나쁜 일은 뭐든지 오래 끌면 더 안 좋아진다. 집을 나왔으면 며칠 있다 바로 들어가는 게 좋다. 집을 나가 버릇하면 그 생활이 반복된다. 물론 가정 환경이 중요하지만 내가 집에 익숙해지거나 문제를 해결하려고 노력하는 자세도 필요하다.

나도 사실 가족이 정말 싫을 때가 있었다. 중학교 때다. 당시에는 엄마가 꾸중하면 싫고, 귀찮고, 형이 시비 걸면 그것 때문에 집에 있기 싫었다. 또 내가 형과 엄마랑 말다툼을 할 때 다른 사람이 끼어들어 나무라면 그때는 정말 화를 참을 수가 없었다. 그러면 나는 2대 1, 3대 1로 싸우는 기분이 들어 분하고 억울해서 더 반항했다.

한번은 내가 엄마랑 싸우고 있는데 할머니가 그 상황에 끼어들어 엄마랑 같이 나를 야단쳤다. 순간 화가 나서 할머니한테 뭐라고 대드니까 이번엔 형도 같이 야단을 쳤다. 그날은 정말 서글프고 가족이 싫었다. 그날 밤, '가족들이 다 나를 싫어하는구나. 이 집에서 내가 문제구나. 여기서 나만 없어지면 되겠구나. 근데 어떻게 없어지지?' 하는 생각까지 들었다.

나는 종종 엄마랑 싸우긴 했지만 친했다. 같이 장난도 치고 사소한 얘기도 많이 나누곤 했다. 지금은 집밥, 가족, 집으로 가는 길조차도 그립다.

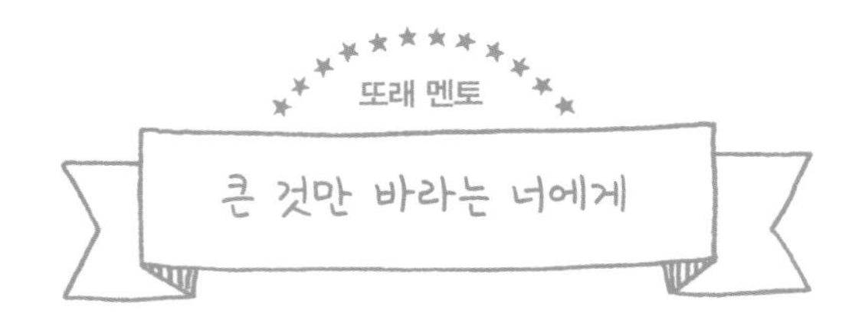

친구야!

일단 나는 너뿐만 아니라 모든 친구들에게 사소한 것에 행복을 느끼라고 말하고 싶어. 예를 들면 학교 다니는 것, 부모님이 챙겨주는 것, 먹는 것, 친구들이랑 만나서 노는 것, 그런 사소한 것에 행복을 느끼라고 말하고 싶어. 집에서 부모님이랑 그냥 있는 것, 같이 밥 먹는 것 등 난 지금 그런 사소한 것들을 할 수가 없어. 여기서는 똑같은 시간에 딱, 일어나야 하는데 집에서는 내가 자고 싶을 때 자고 편안하게 일어나서 세수하고 씻고 그러잖아? 이곳에 와서 생활해보니 그런 평범한 것들을 다시 누리고 싶은 심정이야.

친구야!

지난봄에 있었던 일이야. 난 감기로 심하게 아팠어. 그런데 이곳 선생님들은 챙겨야 할 다른 아이들도 많아서 나만 신경 써줄 수 없었어. 집에 있었다면 식구들 중 누군가가 챙겨주고 보살펴줬을 텐데……. 몸이 아프고 보니 집이 더 그리웠어. 한번은 여기 친구들과 사이가 멀어지고, 안 좋을 때가 있었어. 그때도 '곁에 가족이 있었으면, 집에 붙어 있었으면 여기까지 안 왔을 텐데.' 하면서 평범한 생활을 못 누린 게 너무 후회되고 아쉬웠어.

친구야!

이곳에서도 단체로 놀이공원 같은 곳을 갈 때가 있어. 거기서 가족끼리 나들이 나온 사람들을 바라보며 '아, 나도 우리 가족이랑 오고 싶다.'는 마음이 간절했어. 집에 있을 때는 함께 가자고 해도 싫다고 했는데 지금은 가족이랑 어디든 가고 싶어. 퇴소한 뒤에 엄마가 어디든 같이 가자고 부르면 얼른 따라나설 거야.

친구야!

이곳에 와서야 느낀 거지만 우리는 너무 큰 거에만 신경 쓰고, 그것만 바라고 사는 것 같아. 집에서 가족이랑 같이 밥 먹고, 이야기 나누고, 학교에 다니는 평범한 일상들. 그때는 그게 행복이라고 못 느꼈어. 계속 밖에서 뭔가를 찾다가 결국 여기까지 오게 됐어.

친구야!

너에게 하고 싶은 말이 하나 더 있어. 밖에 있을 때 난, '힘들다.', '우리 집이 경제적으로 부족하다.'는 생각을 자주 했어. 그런데 여기 와서 보니까 나보다 더 힘들고 더 안 좋은 환경의 친구들이 많았어. 이것도 최근에야 깨달은 거야. 난 여기 와서 생활한 뒤로 갑자기 훌쩍 커버린 느낌이야.

사랑을 보고, 듣고, 말할 수 있음에 감사를!

매일 보는 얼굴이라 고운 줄 몰랐는데
몇 날 며칠 보지 못하니
세상에서 가장 보고픈 아름다운 얼굴이 된다.

매일 듣는 잔소리라 귀찮기만 했는데
몇 날 며칠 듣지 못하니
너무나 그리운 목소리가 된다.

'언제든지 할 수 있겠지.' 싶어 아껴두고 아껴둔 말
어머니 사랑합니다.
아버지 감사합니다.
형 고마워! 동생아 미안해!

곁에 있을 때 깨닫지 못했던
소중한 사람들에 대해
감사하게 하소서.

두 팔 벌려 꼭 끌어안을 수 있을 때
사랑하게 하소서.

사랑을 보고, 사랑을 듣고, 사랑을 말하라고 주신
제가 누리는 일상에 대해
감사하게 하소서.

친구들의 고민 해결사가 된 비결

'어, 내가 뭘 도와줬지?'

같이 살고 있는 센터 아이들이 나를 '남을 잘 도와주는 아이'로 추천했을 때 솔직히 좀 어리벙벙했다. 사실 나는 도와줬다기보다 같이 사는 언니나 동생들이 나에게 고민을 털어놓으면 잘 들어주었을 뿐이다. 문제를 어떻게 해결해야 할지 물어보면 내가 말해줄 수 있는 것은 해주고, 내가 할 수 없는 것은 스태프 선생님이랑 의논해보라고 말해준 게 전부다.

얼마 전 일이다. 서영이가 나한테 와서 요즘 민지한테 무슨 일이 있는지 계속 기분이 안 좋아 보인다고 했다. 둘은 만날 붙어 다니는 '껌딱지'다. 서영이가 왔다 간 지 얼마 되지 않아 이번에는 민지가 찾아왔다. 그 애 말을 들어보니 이랬다. 요즘 서영이가 변했다고 느껴서 "나랑 같이 다니기 싫으면 안 다녀도 된다."는 쪽지를 써서 줬단다. 그런데도 별다른 반응을 안 보여서 30분 뒤에 다시 "우리는 서로 안 맞는 거 같으니까 같이 다니지 말자."고 또 써서 줬다고 했다. 이 말을 듣고 나는 민지에게 일단 "서둘러서 해결하려 들지 말고 시간을 두고 지켜봐. 같이 다니고 싶지 않으면 다니지 말고, 그게 아니면 편지 말고 직접 얘기를 해봐."라고 일러줬다. 내 조언을 들은 민지의 첫 반응은 "서영이가 너한테 뭐라 하던?"이었다. 이럴 때 나는 상대방의 말을 전달하지 않는다. "으응, 별 얘기 안 했어. 그냥 다른 얘기하던데?" 하고 넘어갔다.

다음 날 민지가 또 찾아왔다. 서영이한테 세 번이나 편지를 보냈는데도 아무런 반응이 없어서 짜증이 난다고 털어놨다. "대체 무슨 생각인지 모르겠어. 같이 다니자는 건지 말자는 건지, 편지를 받고도 날 찾지도 않으니 답답하고 화가 나." 나는 민지에게 물었다.

"그럼 네가 서영이한테 먼저 얘길 해봐. 그럼 오해가 풀리지 않겠어?"

"나도 그러고 싶은데 서영이가 날 안 찾아. 너무 짜증 나."

"그러니까 직접 이야기를 해. 그렇게 편지를 대뜸 쓰면 뭐하냐? 편지로 하기 힘든 얘기일 수도 있잖아."

나는 민지에게 서영이와 직접 얘기를 해보라고 다시 권했다. 3~4

일간 서로 냉랭했던 서영이와 민지는 결국 직접 대화를 하고 나서야 전처럼 잘 지낼 수 있게 되었다.

나는 친구들이 먼저 고민을 털어놓으면 그 친구의 이야기를 잘 들어주려고 노력한다. 또 상대방의 이야기를 판단하지 않고 내 생각을 있는 그대로 말해준다. 그리고 들은 얘기는 남에게 전달하는 것을 싫어한다.

나는 할머니, 할아버지 밑에서 자랐다. 할머니한테는 학교에서 내가 뭘 했는지, 무슨 일이 있었는지 미주알고주알 다 털어놨다. 그러면 할머니는 "아, 그런 일이 있었구나. 그래도 다음부터는 싸우지 말고 잘 지내거라." 하셨다. 항상 할머니는 내 편이라는 느낌을 받았다. 그래서 참 편했다. 내가 다른 아이들의 이야기를 잘 들어주는 것도 할머니의 영향이 큰 것 같다.

중학교 3학년 때의 일이다. 친한 친구였던 정화와는 3학년이 되면서 나는 1반, 정화는 3반으로 갈라지게 되었다. 정화와 나는 주말이면 만나서 밥도 먹고 얘기도 나누었다. 수련회가 얼마 남지 않은 어느 주말이었다. 정화는 수련회 장기자랑 때 같이 춤을 추기로 한 친구들이랑 의견 충돌이 생겨서 사이가 안 좋아졌다고 했다.

"아이들이랑 싸웠어. 그래서 나만 혼자 다녀. 나머지 애들은 다 같이 다니고……. 이럴 땐 어떻게 해야 되니?"

나는 정화에게 “걔네들한테 직접 말해서 풀어. 그게 힘들면 우선 어려워도 지금은 그냥 자연스럽게 지내봐. 수련회가 얼마 남지 않았고, 어차피 춤 연습은 같이 해야 되는데 네 자리를 다른 아이로 채우기는 힘들 테니까.”라고 말해주었다.

그 다음 날 정화가 말했다.

“아, 진짜 자연스럽게 지내는 거 너무 못하겠어.”

“애들이 너한테 어떻게 하는데?”

“내 말에는 아무런 대답도 안 해줘.”

나는 그래도 일단 다른 애들한테 피해 주면 안 된다고 말하면서 수련회 때 무대 위에서 잘하면 모든 것이 해결될 것 같으니까 그 뒤에 풀어보라고 권했다. 며칠 후 수련회를 다녀온 정화에게 카톡이 왔다. 공연도 잘하고 아이들이랑 같이 밥도 먹고 했더니 풀렸다며 고민 상담해줘서 고맙다고 했다.

나는 성격이 활달한 편이어서 센터에서도 친구들과 싸우지 않고 원만하게 지낸다. 특징이 있다면 머리 스타일이 아주 짧다는 것! 난 열 살 때부터 유소녀 축구선수 생활을 하며 축구부 기숙사에서 살았다. 5년 반을 축구선수로 뛰었다. 그러나 커트 머리와 털털한 성격 때문에 아이들이 날 찾는 건 아니다. 센터에서 맨 처음에 어떤 아이가 나에게 고민을 말하러 왔을 때 잘 들어주고 내 생각을 얘기해줬더니 다른 애들한테 가서 내가 고민을 잘 들어준다고 소문을 낸 것 같다.

나는 아이들이 고민을 얘기하러 오면 일단 그 사람 이야기를 잘 들어주는데, 어떤 사람들은 자기가 원하는 말을 해주길 바라기도 한다. 하지만 내 생각이 다르다면 그 사람이 원하는 답을 못 해줄 수도 있다. 그럴 경우에는 먼저 "네가 듣고 싶은 말이 있을 텐데, 내가 하려는 말과 다를 수도 있어. 내가 무슨 말을 해도 그저 내 생각일 뿐이니 상처는 받지 않았으면 좋겠어."라고 말한 뒤에 내 생각을 전한다.

때로는 컨디션이 너무 좋지 않을 때도 있다. 그럴 때는 "미안한데 지금은 이야기할 기분이 아니니까 조금 이따 하자."라고 솔직하게 말한다. 힘들게 용기를 내어 찾아왔는데 신경질적인 반응을 보이면 그 친구는 더 소외감을 느낀다. 그런데도 계속 얘기하자고 조르면 그런 친구에게는 스태프에게 도움을 청하라고 알려준다. 그러나 대부분의 아이들은 자신들의 문제를 같은 또래끼리 풀고 싶어 했다.

친구 사이에 좋지 않은 말을 전달해서 폭력으로까지 이어지는 경우도 있다. 이곳 센터에는 말 전달을 잘못한 탓에 친구끼리 크게 싸워서 재판까지 받고 온 경우가 꽤 많다. 이간질로 서로 싸우게 하는 것은 또래 친구들 사이에서도 가장 나쁜 일인 것 같다. 어떤 친구들은 "야야, 재가 너에 대해 이렇게 말했어."라며 진실도 아닌 말을 전하여 불화를 일으키고 상처를 준다. 그러면 어떤 아이는 참지 못하고 친구를 찾아가 "네가 그런 말했다며?" 하면서 폭력을 휘두르고 만다. 센터 안에서도 그런 일이 벌어진다.

나도 축구선수 생활을 할 때 비슷한 일을 겪은 적이 있다. 나와 효숙이, 지희는 팀 안에서 삼총사로 불릴 만큼 친했다. 그러다가 내가 부상을 입었다. 잠시 쉬었다가 다시 들어왔는데 언제부터인지 지희와 효숙이가 아주 친해져 있었고 날 가지고 논다는 기분이 들었다. 어느 날 지희가 나한테 효숙이가 나에 대해 안 좋게 얘기했다고 말하는 거다. 나는 효숙이한테 가서 왜 그랬느냐고 따져 물었고, 효숙이는 별다른 설명 없이 미안하다고 말했다. 내가 거듭 왜 그랬느냐, 너무 화가 난다고 했더니 효숙이도 덩달아 화를 내는 게 아닌가. 이렇게 해서는 해결되지 않을 것 같아서 다시 화를 가라앉히고 대화를 한 끝에 다행히 오해를 풀고 잘 지낼 수 있었다.

그 일을 겪고 나니, 그런 상황에서는 말을 전달하기보다는 네가 직접 가서 얘기를 해보는 게 어떻겠느냐고 권했으면 더 좋지 않았을까 하는 생각이 들었다.

친구 사이에 가장 중요한 것은 서로 믿어주는 거다. 고민이 있으면 편하게 털어놓을 수 있는 사이가 친구다. 하지만 아무리 친해도 비밀은 있을 수 있다. 일부러 숨기는 건 아니지만 나 혼자 간직하고 싶은 비밀 하나쯤은 누구나 있을 수 있으니까. 진정한 친구라면 그런 부분까지도 믿어주고 서로 존중해주어야 하지 않을까?

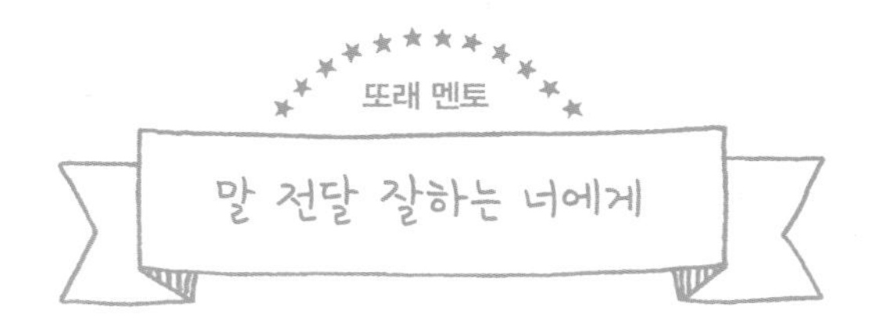

안녕, 친구야!

요즘 네가 애들 사이에서 말 전달을 많이 한다는 소문을 들었어. 너한테 도움이 될지 안 될지는 잘 모르겠지만 괜찮다면 내 이야기를 몇 가지 들려주려고 해.

친구야!

네가 다른 사람한테서 들은 이야기를 당사자한테 가서 말해주는 것은 그 누구한테도 도움이 되지 않아. 오히려 이간질이 되어 둘 사이는 더 나빠져. 게다가 세상에 비밀은 없어. 널 믿고 얘기했던 친구는 너에 대한 신뢰감이 다 떨어질 거야. 그제야 네가 뭔가 잘못했다는 걸 깨닫고 미안하다고 해도, 예전처럼 지내기는 힘들 거야. 좀 심하게 말하면 이제 너는 안중에도 없을 거야.

내가 축구선수로 있을 때 겪은 일이야. 내 포지션은 미드필더였어. 공격도 하고 수비도 하는 역할이었지. 축구에서도 선수에게 신뢰가 안 가면 그쪽으로 공을 잘 안 주게 돼. 우리 학교 축구부는 선후배가 함께 기숙사 생활을 하고 연습도 같이 했어. 어느 날 외출을 허락받고 신 나게 놀고 있는데 친구 지희가 전화를 걸어왔어. 선배 언니가 지금 당장 숙소로 오라고 했다는 거야. 난 이유도 없이 오라는 말을 들을 수 없었어. 저녁 때 숙소에 들어간 난 긴 시간 동안 벌을 섰어. 알고 보니 그 사이 지희는 옛날에 내가 잘못했던 일들, 우리끼리 나눴던 비밀 얘기까지 싹 다 그 선배한테 말했던 거야.

친구야!

그 후부터 내가 지희한테 신뢰가 갔을까? 지희와는 예전처럼 친하게 지내는 게 쉽지 않았어. 또 우리끼리 비밀 얘기를 하려면 지희만 빼놓고 하거나 멀리하게 되었어. 그 후 난 축구부 주장이 되었는데 지희가 골문 가까이에 있는 걸 봐도 공을 그쪽으로 패스하지 않게 되더라. 왜냐하면 신뢰도 가지 않는 데다가 지희는 내가 공을 주면 항상 뺏겼어. 또 노력도 하지 않고 자기는 안 된다고만 했어. 물론 나도 내 행동이 잘못됐다는 걸 잘 알아. 하지만 나도 내 마음을 통제할 수가 없었어.

친구야!

누군가가 너한테 털어놓은 고민이나 진심은 함부로 전해서는 안 되는 걸 잊지 않았으면 좋겠어. 말을 전달할 때는 당연히 들키지 않을 거라고 생각하겠지만 그 사실이 밝혀지면 엄청 후회를 할 거야. 만약 누군가한테 말을 전달해서 후회한 적이 있다면 지금부터라도 고쳐보려고 노력하면 돼. 그 습관 하나만 고쳐도 널 믿고 의지하는 친구들이 많아질 거야. 지금 당장 네 곁에 아무도 없다면, 내가 네 곁에 있어줄게.

친구야!

"천 리 길도 한 걸음부터!" 이 말 알지? 마음을 먹었다고 해도, 당장 확 바꾸기는 어렵지만 열심히 노력하면 꼭 고칠 수 있을 거야. 혹시 중간에 그 다짐이 무너진다고 해도 '역시, 난 안 돼.'라고 좌절하지 마. 세상 어떤 사람도 자기 단점을 하룻밤 사이에 고칠 수는 없으니까. 나도 옆에서 많이 도와줄게. 대신 너도 같이 노력해야 돼. 그럼 우리 같이 한번 해보자. 파이팅!

아름다운 '입'과 '귀'를 주소서!

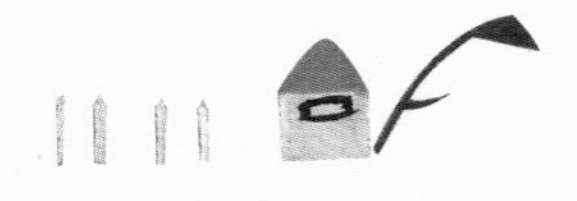

가시 돋친 말이
누군가의 입을 통해 전달되면
세상은 가시덤불로 덮이고

가슴을 누르는 돌덩이 같은 고민을
귀 기울여 들어주면
고운 모래가 되어 햇살에 반짝반짝 빛난다.

내 이야기를 단비처럼 흡수해
마음을 촉촉하게 해주는 친구는
사막 같은 마음에 나타난
오아시스!

입을 통해서
위로의 말, 공감의 말, 격려와 사랑의 말을 건네주고
귀를 통해서 듣는 누군가의 외로움과 아픔은
기도의 꽃송이로 피어나 하늘로 올리는 아름다운 향기가 된다.

왕따 속
숨겨진 허세

학교에서 나는 주로 친구들을 왕따 시키는 쪽에 속했다. 물론 억울하게 당한 애들도 있을 거다. 하지만 나도 나름의 기준을 갖고 있었다. 공부를 못하거나 가정 환경이 안 좋다는 이유로 왕따 시키거나 때리진 않았다. 거짓말 잘하는 아이, 이간질하는 아이들이 나의 왕따 대상이었다. 그런 애들은 나한테 피해를 준 게 없어도 막 미웠다. 말만 하면 '이것도 거짓말이겠지?', '저것도 아니야.' 하는 생각에 나중에는 꼴도 보기 싫어졌다. 지나가다 마주치기라도 하면 괜히 시비를 걸고 싶었다.

중학교 1학년 때는 나도 여러 친구들이랑 두루두루 잘 놀았다. 그러다가 2학년이 되자 마음에 안 드는 애들이 한두 명씩 생기기 시작했다. 내가 왕따 시켰던 지애는 초등학교 때부터 왕따였다는 소문이 있었다. 중학교 때 그 애만 따로 우리 학교로 들어왔다. 이미 소문은 들어 알고 있었지만 선입견으로 지애를 나쁘게 보지는 않았다. 내가 처음에 본 지애는 왕따를 당할 아이가 아닌 것 같았다. 난 아이들에게 이렇게 말하곤 했다.

"난 내가 보는 눈이 중요해. 너희들이 뭘 잘못 알고 있는 것 같아."

학교에서 지애는 나처럼 노는 아이들 사이에 끼고 싶어 했다. '전따(전교에서 따돌림 당하는 아이)' 같은 애들이랑 놀기보다는 나처럼 학교에서 놀고, 사고도 치고, 부모도 방관하는 아이들과 친구로 지내고 싶어 했다. 지애는 자기 돈으로 우리에게 먹을 것을 사주겠다고 했다. 나는 여러 차례 내 돈으로 사 먹을 수 있다며 거절했다. 몇몇 아이들이 지애를 싫어했지만 난 지애랑 어울려 놀면서 내 친구들도 소개시켜 주곤 했다.

그런데 언젠가부터 지애가 허세를 부리기 시작했다. 시간이 가면 갈수록 그 허세가 점점 심해졌다. 한번은 지애가 인터넷 게임으로 사귄 친구 이야기를 하면서 자랑을 늘어놓았다. 자기 친구가 200명인데 내일 40명쯤 모여서 파티하고 놀기로 했다는 것이다. 중학교 2학년이 몇십 명을 데리고 파티를 하면 그 돈이 얼만가. 한 사람 앞에 수만 원씩 걷는다고 해도 될까 말까인데 지애는 자기가 다 쏘기로 했다며 허풍을 늘어놓았다. 눈에 보이는 거짓말을 아무렇지 않게 하는 지애를 아이들은 좋아하려야 좋아할 수가 없었다.

그런 허풍과 거짓말 때문에 지애를 싫어하다가 결정적으로 딱 틀어지게 된 계기가 있었다. 지애가 8일간 학교를 나오지 않다가 9일째 되는 날 나타나자, 난 그간 뭘 했는지 물었다.

"어디 갔다 왔어?"

"어, 남자친구랑 해외여행 다녀왔어."

"어디로?"

"일본으로."

"왜 하필이면 일본?"

"남자친구 누나가 일본에 있어서……."

"아 그래, 그렇구나."

처음에는 그럴 수도 있겠다는 생각에 믿어주기로 했다.

"일본 가서 뭐 했어? 뭐 봤어? 일본에는 뭐가 있어?"

나는 일본 여행에 대한 질문을 하며 지애를 슬쩍슬쩍 떠봤다. 그런데 말을 하면 할수록 앞뒤가 하나도 안 맞았다. 뭔가 거짓말을 계속 짜낸다는 느낌이 들었다.

"솔직히 말해봐."

지애는 끝까지 아니라고 발뺌하면서 자기 남자친구한테 물어봐도 된다고 우겼다.

“알겠어. 그럼 남자친구 전화번호 대봐. 직접 물어볼게.”

“나 번호 못 외워.”

“남자친구 번호도 안 외우고 다녀?”

“어, 어, 핸드폰 찾아봐야 해. 기다려봐.”

지애는 한참을 찾아보더니 남자친구 핸드폰 번호가 지워졌다고 했다. 난 그날부터 지애한테 정이 팍 떨어졌다. 나는 이유 없이 친구를 싫어하지는 않는다. 다른 친구들이 어떤 아이를 모두 싫어해도 내가 괜찮으면 개의치 않고 잘해줬다. 그러다가 한번 싫어지면 그것으로 끝이다. 지애가 딱 그랬다.

“뭘 쳐다봐? 쳐다보지 마.”

난 지애를 왕따로 만들기 시작했다.

“말이 되는 소릴 해야지. 자기 부모랑 여행 갔다고 하면 내가 말을 안 하지. 남자친구랑 해외여행을 가? 돈이 어딨어서?”

나는 지애를 말로만 흉보는 게 아니라 행동으로도 괴롭혔다. 일부러 지애 옆을 지나가면서 어깨를 치기도 했다.

“야, 너 뭐야? 사과해.”

“왜? 내가 사과를 왜 해?”

“사과하라니까.”

어느 때는 괜히 건드렸다.

“의자 치워.”

"왜 그래?"

"네가 길을 막고 있으니까 그렇지. 비키라고."

지애도 가만 있지 않았다. 어느 날 담배를 피우러 골목길을 찾아 들어갔는데 하필 지애가 지나갔다. 나는 가까이 다가가서 먼저 시비를 걸었다.

"너 왜 내 눈에 띄어. 제발 사라지라고."

옆에 있던 친구들도 지애에게 시비를 걸었다.

"야, 너 돈 있어?"

"없는데?"

"있는 거 다 알아. 빨리 내놔."

그날 우리는 지애에게 4만 원을 빼앗아 한참을 놀다 노래방을 갔는데 거기서 또 지애랑 마주쳤다. 우리들 중 한 명이 더럽게 재수 없다며 지애를 때렸다.

나는 그날도 친구 집에서 자고 다음 날 일주일 만에 학교에 갔다. 교복이 없어서 사복을 입고 갔다. 그런데 등교해서 보니 지애가 네이트온으로 반 친구 해인이한테 내 욕을 하고 있는 게 아닌가. 지애는 노래방에서 우리한테 맞은 그날부터 해인이랑 네이트온으로 내 얘길 계속한 거다.

"해인아, 너 그 싸가지 다운이 알지? 그 패거리들을 노래방에서 우연히 만났는데 기분이 안 좋다고 날 때렸어. 난 얼굴이 퉁퉁 부어 집에 왔는데 다행히 엄마한테 안 들키고 내 방에 들어갔어…….”

지애 말을 처음 들은 해인이는 “앗싸!” 하며 다음 날 학교에 와서 선생님께 이 사실을 일러바쳤다. 해인이도 우리 반에서 왕따를 당하던 애였다. 그 애는 허세 때문이 아니라 평소에 말을 기분 나쁘게 했다. 친구들이 “너 이거 숙제했어?” 하고 물어보면 “네가 무슨 상관이야. 나한테 말 걸지 마.” 이런 식으로 말했다. 그래서 아이들은 싸가지 없이 말하는 해인이를 모두 싫어했다. 왕따는 아니지만 ‘은따(학교나 교실에서 은근히 따돌리는 아이)’ 정도랄까.

그날 점심시간에 밥을 먹고 있는데 해인이가 나를 향해 “내가 너 선생님한테 일렀다.”라며 깐죽거렸다. 화가 난 나는 친구들이랑 몰려가 해인이를 에워싸고 엄청 때렸다. 나중에는 선생님들이 몰려와서 말렸고, 결국 우리는 생활지도부에 가서 엄청 혼났다. 그날 저녁 나랑 함께 해인이를 때린 아이들과 부모님들은 해인이네 집에 가서 사과했다.

그 후부터 학교와 점점 더 거리를 두게 되었다. 난 학교를 안 가는 것으로 왕따, 가해자, 낙인, 문제아 그 모든 것으로부터 벗어났다고 생각했다.

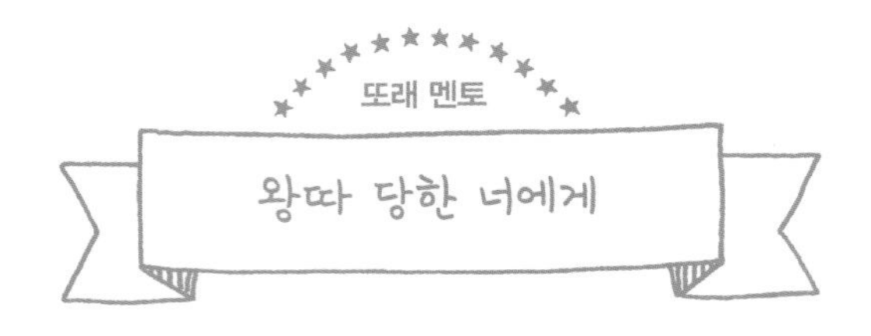

지애야!

너는 왜 그렇게 허세를 부렸을까? 너는 아마도 네 자신이 다른 친구들보다 우월해 보이고 싶은 마음에 그랬던 것 같아. 그러다 학교 폭력 피해자인 왕따가 된 거야.

친구야!

학교 폭력은 왕따를 당한 너만 피해자로 남는 건 아닌 것 같아. 알다시피 나도 학교를 그만뒀고 너도 결국 송파 쪽으로 전학을 가게 됐잖아?

학교에서 날 건드리는 애들은 없었어. 그럼에도 나는 학교 생활을 제대로 하지 못했어. 그때는 그게 창피한 줄도 몰랐어. 너도 알다시피 우리 학교 교칙이 엄청 셌잖아? 진짜 규칙이 많아서 너무 싫었어. 난 교복을 줄여 입고, 치마도 엄청 짧게 입고, 실내화를 신고 등교하거나 사복을 입고 등교했지. 머리도 염색하고 파마도 하고 귀걸이, 팔찌, 목걸이에…… 하지 말라고 하면 더 하고 싶고, 학교에서 하면 안 된다는 건 꼭 해보고 싶었어. 뭔가 특별해 보이고 싶은 심리가 있었던 것 같아. 아이들 사이에서 세고 잘나 보이고 싶은 마음이 컸을 거야.

솔직히 난 공부를 잘하는 것도 아니고 학교에서 관심 받을 만한 게 아무것도 없었어. 그나마 내가 그런 행동을 하면 내 존재감을 알아주는 것 같아서 좋았어. 선생님이 특별히 신경을 써주고 친구들이 많아지니까 잘나가는 느낌이 들었어. 그러나 내가 도를 넘어서기 시작한 뒤부터는 사정이 달라졌어. 선생님들도 나를 포기하게 되었고 아이들은 "쟤 원래 저런 애야.", "예전부터 그랬어.", "저런 애랑 다니면 내 이미지도 안 좋아져." 하며 떨어져나갔어. 어느 순간 난 혼자가 되었어. 솔직히 자존심 때문에 더 센 척, 아무렇지 않은 척했지만 견디기 힘들었어. 돌이켜보면 스스로 왕따를 자초한 거지.

친구야!

학교 폭력은 돌고 돌아. 가해자가 피해자가 되기도 하고, 피해자가 어느 순간 가해자로 변하기도 해. 이런 경우도 생길 수 있어. 중학교 3학년 때 왕따였던 아이가 너무 힘들어서 다른 동네 고등학교에 들어갔어. 그런데 그 학교에 왕따가 있으면 그 아이는 왕따를 당하는 친구에게 동정심을 갖지만 한편으론 자신이 왕따였을 때 겪은 억눌린 감정을 나쁘게 드러내기도 해. '내가 당한 만큼 너도 당해야 돼.' 하는 거야. 이게 정말 무서운 거지. 다시 왕따를 당하지 않으려고 그 애를 더 괴롭혀. 다른 사람으로 대체가 안 되도록 만들어버리는 거지.

지애야!

너도 알고 있니? 제3자 애들 말이야. 어른들은 어떻게 생각할지 모르겠지만 그 애들은 나 같은 가해자들을 무서워해. 왜냐하면 가해자는 무조건 무리를 지어 다녀. 그래서 제3자들은 자신에게 피해가 올까봐 그들에게 잘해줘. "내가 뭐 해줄까?"라고 묻기도 해. 밥 먹을 때도 맛있는 게 있으면 "이거 먹을래?" 하는 식으로 대해줘. 그러면 가해자들은 우쭐해져서 더 센 척하고 다니면서 문제를 일으키고, 피해자한테도 안 좋은 일을 더 하게 돼.

그런데 그 무리에서 한 명이 떨어져나가면 그 애는 완전히 힘을 잃게 되고 제3자 애들의 눈 밖에 나게 돼. "저 앤 쟤네들한테 찍힌 거야. 그래서 쟤랑 어울리면 우리도 찍혀." 이렇게 돼. 어떤 애들은 "뭐야 이거. 내가 그동안 너한테 퍼주고 잘해줬는데 괜히 헛고생했네." 하며 화가 나서 그때부터 가해자로 변해. 그리고 떨어져나간 애한테 이렇게 협박해. "내가 그동안 너한테 잘해줬으니까 이제 네가 나한테 갚아야 해. 그래야 공평한 거야." 그러면 무리에서 떨어져나간 아이는 자기는 이제 혼자라는 무서움 때문에 그들의 요구를 거절하지 못하고 순순히 받아들이는 경우도 있어. 그러면 그 애가 왕따가 되는 거야. 그 전 무리에 속한 애들도 합세해서 말이야.

이런 상황을 뭐라고 설명하기는 어려워. 결국 학교 폭력은 가해자, 피해자, 제3자로 나눌 수 있는 게 아니라 모두가 피해자가 되는 아픈 일이야.

친구야!

학교에 올 때마다 넌 얼마나 힘들었을까? 널 괴롭히는 입장일 때는 그런 생각을 하지 못했어. 네가 행동을 똑바로 못하니까 당하는 거라고만 생각했어. 근데 이제 와서 보니 나 역시 허세를 부렸던 건 아닐까. 나는 다른 아이들과 다르고 특별한 사람이라고 착각하는 허세 말이야. 우리의 허세는 무엇을 남겼을까? 악한 마음과 비겁한 행동 외에는 아무것도 없었어. 이제야 그런 생각이 들어.

자유로움의 날개를 달고

나무는 늘 자신의 자리를 지키며
계절의 변화와 함께 옷을 갈아입고 자유롭다.
푸르르면 푸르른 대로
벌거벗으면 벌거벗은 대로……

오늘도 나는
내 초라함이 들킬까 두려워
계절에 맞지 않는 옷을 입고
감기에 걸린다.

공격적인 말 속에 가려진 떨림
진한 화장 속에 숨긴 슬픈 표정
허세와 허풍 속에 감추어진 나의 상처

있는 그대로의 부족하고 연약한 '나'를 사랑하자.
있는 그대로 사랑받기 충분함을 믿기에
자유로움의 날개를 달고

훨훨 날아오르자.

용기를 내렴, 지금!

진정한
우정

내 친구들은 고등학교 2학년, 모두 학교를 다닌다. 나만 중간에 관뒀다. 나는 어렸을 때부터 건축업을 하는 아빠랑 단 둘이 살았는데 아빠가 출장을 가거나 멀리 현장에 계시면 혼자 있는 시간이 많았다. 보통 일반 가정이라면 아침에 부모가 자녀를 깨워 학교에 보내는데 나에겐 그런 어른이 없었다. 더군다나 무척이나 게으른 나는 아침에 학교 가는 게 너무 싫었다. 아마 오후에 등교하는 학교가 있었으면 갔을지도 모르겠다. 학교에서 하루 종일 엉덩이 붙이고 앉아 있는 게 진짜 싫었고 규율이 있는 학교가 귀찮았다. 하지만 막상 학교에 가면 즐거웠다. 그러다가 다음 날 아침 학교에 가려면 또 싫고, 그래서 하루 빠지고 이틀 안 가고……. 공부는 지구력이 부족해서 하다 안 하다 하다 안 하다를 반복했다. 그래도 중학교 1학년 때까지는 하는 만큼 했다.

아빠랑은 지금도 친하다. 밖에 있을 때는 3시간마다 통화를 할 정도였다. "우리 딸, 밥 먹었어?" 이러면서. 사이는 엄청 좋은데 아빠는 늘 바빴다. 내 친구들은 참 좋은 애들이다. 중학교 1학년 때는 나를 깨우러 날마다 집으로 찾아왔다. 남녀 공학이었는데 아침이면 남자애, 여자애들이 번갈아가면서 우리 집 문을 두드렸다. 나는 그때까지 자다가 친구들의 성화에 못 이겨 학교에 갔다가 점심만 먹고 집으로 돌아온 적도 많았다. 어느 때는 도망가다 친구들에게 잡히기도 했다. 나는 중학교 2학년 초반쯤부터는 학교를 아예 안 다녔다.

내 친구의 부모님들은 두 부류가 있었다. 은비네 엄마, 아빠는 초등학교 때부터 나를 알았다. 그분들은 나를 존중해주었다. 학교를 그만둔 나에게 "그럴 수 있지. 검정고시 볼 수도 있고. 그런데 학교 다니면 더 좋지 않니?"라고 말씀해주시면서 내가 은비를 만나는 걸 나쁘게 생각하지 않았다. 그분들은 꽤 보수적이었지만 나를 딸처럼 타일러주시고 믿어주었다. 어느 날은 나하고 자기 딸 은비를 바꾸자는 장난 섞인 말씀도 하셨다.

채원이라는 친구는 중학교 1학년 때 전학을 와서 친해졌다. 하루는 엄마에게 "엄마, 내 친구 중에 학교 가기 싫어하는 애가 있어. 그래도 성격은 엄청 좋아. 단지 학교가 안 맞아서 관뒀어."라고 내 얘기를 했더니 엄마가 나랑 안 만났으면 좋겠다고 했단다. 그때는 사고도 치지 않고 단지 학교만 안 갔을 뿐인데 채원이네 엄마는 나를 안 좋게 본 것이다.

학교를 안 다니는 애는 나쁜 아인가? 이것은 선입견일 뿐이다. 염색만 해도 어른들은 재네들 양아치라며 쉽게 판단한다. 사실 그런 아이들은 성격이 엄청 여리다. 그래도 채원이는 나를 만났다.

나는 학교를 그만둠과 동시에 친구들과 친척들에게 신뢰를 잃었다. 명절 날 친척집에 가면 나에게 직접적으로 말하지 않더라도 몸으로 다 느껴져서 갈 때마다 눈칫밥을 먹었다. 다른 친척 아이들은 학교나 스케줄 때문에 못 간다는 핑계를 댈 수도 있지만 학교를 그만둔 나는 그런 변명도 할 수 없었다. 할머니네 집에 가면 아빠도 안 하는 잔소리를 할머니한테 들어야 했다.

"너는 학교도 안 다니면서 청소도 안 하나? 설거지도 해야지? 빨래는 하니?"

친척 남동생 시원이는 아역 배우 쪽으로 공부를 하고 있었는데 할머니는 그 앨 되게 예뻐했다. 시원이는 할머니에게 이쁜 짓도 많이 했고 친척 언니들도 할머니에게 자주 전화를 드렸다. 비가 많이 오는 날이면 할머니 안부를 묻는다는데 나는 생전 전화도 안 드렸다.

아빠는 엄청 속상해하고 힘들어했다. 친척들은 모였다 하면 누구는 전교 몇 등이고, 걔는 무슨 학교를 갔는지가 주 대화 내용이다. 우리 아빠는 그런 것도 없고, 나에게 내색은 안 하지만 남들 앞에서 으쓱하지 못한 걸 난 안다. '얘가 남들처럼 학교만 다녔다면 중간이라도 갈 텐데.' 아빠는 그런 심정이었을 것이다. 그러나 그때는 아빠가 속상해하든 말든 내가 가기 싫으면 그만이라고 생각했다. 지금은 돌로 맞은 기분이다. '아, 그때 좀 참고 다닐걸. 그랬으면 친척들에게 아빠 체면도 깎이지 않았을 텐데.'

한때는 아빠가 나를 학교에 보내려고 일을 늦게 나간 적도 있었다. 난 학교를 가다가 아빠가 일을 나가면 다시 집으로 돌아왔다. 선생님이 아빠에게 내가 학교에 안 왔다고 전화하면 아빠는 "왜 안 갔냐? 가기 싫어? 내일은 꼭 가거라." 하고 좋게 타일렀다. 아빠는 나를 억지로 학교에 보내려 하지 않았다. 내 의견을 존중해줬다.

나는 학교에 안 가면서도 친구들과는 만나서 놀고 싶었다. 그래서 오후 3시 반쯤 되면 교복을 입고 교문 앞으로 갔다. 아이들이랑 만나서 어딜 가면 가끔씩 어른들이 "너희 어느 중학교 다니지?"라고 물어올 때가 있다. 그때마다 나는 교복은 입었지만 학교를 다닌다고 하기도 그렇고, 안 다닌다고 할 수도 없어서 가만히 있었다. 미용실만 가도 "어느 학교 다녀?" 하고 묻는데 "어느 학교 다녀요."라고 떳떳하게 말할 수 없었다.

중학교 2학년이 끝날 무렵이었다. 담임 선생님이 나에게 "지금이라도 학교에 오면 출석 일수가 모자라도 3학년에 올려줄 테니 빨리 와라. 오늘이라도 와라." 했을 때도 나는 "선생님 감사한데요, 학교는 가고 싶지 않아요."라고 대답했다. 노는 데 눈이 멀어가지고 내 복을 내가 발로 찼다.

얼마 전 고등학교에 올라간 친구들이 수학여행을 가서 사진을 보냈다. 난 그 사진을 보고서 진짜 씁쓸했다. 친구들은 다 공부하고 있는데 나는 그때까지도 뒹굴뒹굴 만날 놀았다. 내 주변에는 점점 노는 아이들이 모여들었다. 나중에는 열심히 공부하는 친구들에게 내가 방해가 될까봐 연락하기가 어려웠다. 친구들은 그런 게 어딨냐면 막 화를 냈지만 만나면 그들에게 피해를 줄 것 같았다.

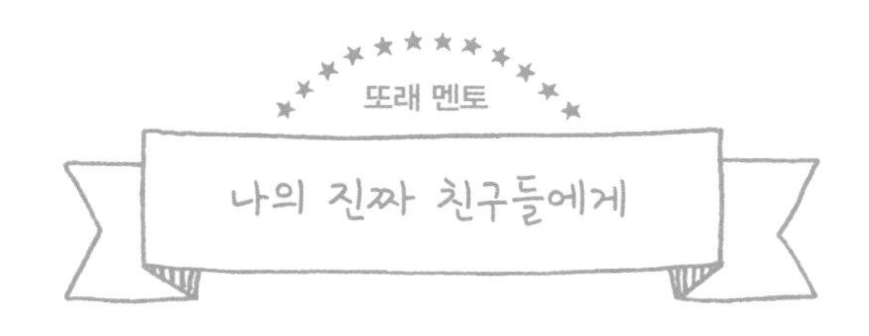

친구들아!

난 대전에서 초등학교 5학년 때 서울에 올라왔고 그때부터 우린 친구가 되었어. 당연히 트러블도 많았지만 자주 만나다 보니 정이 들었고 서로 믿었어. 그런데 미안하다. 왜냐하면 난 너희들한테 너무 안 좋은 모습만 보여주었으니까. 너희는 꿈이 확실하지? "나는 꼭 성공할 거야."라고 자주 말했잖아? 그런 너희들하고는 달리 난 아무 꿈도 없었어. 그래서 '아, 나는 친구들 진로에 방해만 되고 있구나.' 하는 생각에 연락을 끊었어. 이런 나에게 너희들은 "아니야, 우리가 되레 미안하다. 조금만 더 너에게 신경 썼으면 재판받을 일도 없었을 테고 학교에 다니자고 적극적으로 나섰으면 네가 딴 길로 빠지지 않았을 텐데……. 미안해." 이렇게 말할 거라는 걸 난 알아.

친구들아!

난 거의 4년 동안 공부를 안 하다가 이번 4월에 고입 검정고시를 봤어. 그리고 8월에 대입 검정고시를 볼 계획이야. 6년 과정을 6개월 만에 끝낸다는 것은 대단한 건데 나는 솔직히 기초가 없어. 나도 인정해. 교과서랑 검정고시 책은 완전 딴판이야. 실력 차이가 확 나. 누가 나에게 "중학교 어디 나왔어요?" 물으면

"저, 검정고시 했어요." 하고 대답은 하지만 꿀리는 게 많아.

친구야!

내가 제일 후회스러운 건 어른이 되어 너희랑 공유할 수 있는 학창 시절 추억이 없다는 거야. 내 마지막 학창 시절 추억은 초등학교 5학년 때 수련회뿐이야. 너희들은 졸업 앨범이 다 있는데 나만 없잖아? 너희들 중학교 졸업식에 갔을 때 솔직히 '내가 생각이 짧았구나.' 하고 뒤늦게 후회했어. 그래서 난 어떤 아이가 검정고시를 보겠다고 하면 극구 반대야. 학교는 꼭 가야 한다는 쪽이야. 중학교, 고등학교, 그 이후의 생활들이 있는데 나는 그걸 생각하지 못했어. 학창 시절의 추억도 없어서 이야기를 하는 데도 한정된 느낌이 들어. 나이 먹으면 동창회도 할 텐데 난 동창회도 못 가고……. 옛날에는 그런 거 생각도 안 했는데 지금은 멀리 보게 된 것 같아.

친구들아!

학교에서는 꼭 공부만 하는 게 아니야. 학교는 생활을 공유해. 난 검정고시를 통과해서 대학을 간다 해도 대학에 대해 아는 정보가 별로 없어. 무슨 과가 있다는 것은 대충 알지만 더 깊이는 몰라. 학교를 다니면 선생님들이 입시 정보도 자세히 알려주시고 친구들과 친분도 나누잖아? 난 따로 떨어져서 혼자 남아 있는 기분이야. 그래서 내 생활을 너희들한테 말하기가 그래. 학교를 다니는 너희와 난 생활이 많이 다르니까. 그래서 솔직히 같이 어울리기가 좀 그랬어. 이런 감정을 처음부터 느낀 건 아니야. 시간이 지나면서 알게 되었어. 문화와 지적 수준이 맞아야 우정도 오래갈 수 있어. 서로 거리가 생기면 누가 그런 게 아니라 스스로 못 끼고 어울리지 못해. 그래서 난 앞으로 너희들과 어울리기 위해서 그만큼 노력해야 될 거야.

사랑하는 친구들아!

너희들이 고등학교 1학년이 됐을 때 나도 학교의 중요성을 알고 복학하려고 했어. 그러니까 중학교 2학년으로 말이야. 그런데 친척 동생이 같은 학교 3학년인 거야. 동생의 후배로 다녀야 하는 상황이어서 그만 포기했어.

친구들아, 생각나니? 너희가 고등학교 1학년 때 내가 아침마다 단체로 카톡 보내 깨워준 거 기억나? 늦지 말고 학교 가라고, 나처럼 학업을 중단하지 말고 잘 다니라고 말이야. 그러면서 예전에 너희들이 아침마다 우리 집에 와서 나를 깨웠던 그 심정을 알 것 같았어. 나를 항상 격려해주고 학교에 같이 다니자고 한 친구들아! 고마워. 너희야말로 내 진정한 친구야.

* 지난해 8월, 유진 아빠는 직장암으로 그만 세상을 떠났다. 게을러서 학교도 포기했던 유진이는 현재 부사관 준비를 하고 있다.

꽃 같은 벗들이여!

홀로 걸어가는 길이라 여길 때
먼 길은 끝이 보이지 않는 막막함
오롯이 내가 걸어가야 할 인생의 몫이지만
마음으로 함께 걸으며

'넌 할 수 있어.'
'널 믿어. 조금만 힘을 내.'
'잠시 쉬어 가렴. 그리고 또 일어나 걷는 거야.'
…….
날 응원하는 우정의 목소리들

혼자 걷는 열 걸음보다
함께 걷는 한 걸음이 더 행복함을 깨닫게 해준
꽃 같은 벗들

인생에 잠시 멈추어 심호흡이 필요할 때
'우정'이라는 선물을 기억하자.

주저앉고 싶지만,
도망치고 싶지만,
오늘도 나에게 주어진 길을 인내롭게 걸어감은
내 맘 같은,
나를 응원하는,
꽃 같은 벗들이 있기 때문이다.

2부……

괜찮아, 인생의 비를 조금 일찍 맞았을 뿐이야

아빠의 폭력

내 이름은 이세영, 나이는 열여덟 살이다. 나는 사람을 진심으로 대한 적이 없다. 지금까지 계속 나를 감추며 살았다. 나의 현실을 보여주는 게 너무 쪽팔리고 작아 보여서 항상 그럴듯하게 포장했다. 그게 들통났을 때는 정말 어디라도 숨고 싶고, 죽고 싶을 정도로 창피했다. 그러나 오늘은 진짜 나를 말하고 싶다.

우리 가족은 엄마, 아빠, 나, 오빠 네 식구였다. 부모님은 내가 여덟 살 때 이혼했다. 아빠는 알코올 중독에 정신질환으로 약을 복용해야 했는데도 하지 않았다. 아빠는 평생 직업 없이 살았다. 부자인 할아버지가 우리 생활비를 댔다. 아빠는 주변에 친구도 없었다. 어쩌면 많이 외로웠는지도 모른다. 갓난아이 때 나는 땅에만 내려놓으면 울어서 엄마가 늘 안고 다녔다고 한다. 조금 큰 뒤에도 걸핏하면 우는 울보였다고 한다. 내 기억에는 없지만 아빠는 내가 우는 게 보기 싫다며 울 때마다 때렸다고 했다.

아빠에게 맞았던 첫 기억은 초등학교 1학년 때다. 저녁밥을 먹다가 급체를 해서 화장실에 달려가 먹은 음식을 다 토했다. 아빠는 우는 나를 엄청 때렸다. 아이에게 그러지 말라고 말리는 엄마도 때렸다. 그날 엄마와 나는 화장실 바닥에 주저앉아 아빠한테 속수무책으로 맞았다. 엄마가 오빠랑 나를 데리고 아빠를 피해 집 뒷산에 가서 숨어 있던 적도 많았다. 엄마랑 살 때는 내 편이 있어 그래도 괜찮았다. 그러다 엄마가 집을 떠나고 나니 따뜻하게 대해주는 사람이 없었다. 나는 점점 감정이 메말라갔다. 학교에서 친구들이 다 웃어도 혼자서만 웃지 않는 무표정한 아이가 되었다.

아빠는 내가 초등학생일 때부터 경찰서와 교도소, 정신병원을 들락날락거렸다. 그날은 교도소에 있던 아빠가 집행유예로 나온 날이었다. 집 안에서 놀고 있는데 벨이 울리고 현관 인터폰에 아빠 얼굴이 찍혔다. 순간 가슴이 무너지는 줄 알았다. 문을 열고 들이닥친 아빠는 나를 보자마자 죽일 듯이 때렸다. 나는 신발도 못 신고 옥상으로 도망쳤다. 빌라 옥상 위에서 "살려주세요, 살려주세요." 하고 무조건 외쳤다. 주변에 살던 사람들은 오래전부터 우리 집 상황을 다 알고 있었다. 그때 4층 아줌마가 이불을 널러 올라왔다가 나를 발견했다. 그분은 나를 자기 집으로 데리고 가서 밥을 먹이고 경찰에 신고하여 보호기관에 연결시켜 주었다. 아줌마는 나에게 자기 딸의 옷을 입히고 신발도 챙겨주었다.

엄마 없는 집에서 나는 집안일만 했고, 아빠의 심부름을 도맡아 했다. 오빠와 나는 감히 다가갈 수 없을 만큼 어렵고 무서운 아빠의 눈치를 보면서 살아야 했다. 밤이면 잠든 아빠가 행여나 깰까봐 까치발을 들고 다녔다. 아빠가 깨는 날에는 죽도록 맞았다. 아빠는 사소한 일에도 크게 윽박지르고 우리를 때리곤 했다. 나는 자기 전에 침대 위에서 소리 없이 울기도 많이 했다.

그러다 중학교 1학년 때 전학을 가게 되었다. 그곳은 아이들도 학교 생활도 전에 살던 시골 동네와는 너무나 달랐다. 불량스러운 아이들이 많았다. 난 그 애들과 어울리면서 어깨에 힘이 들어갔다. 학교에서 패거리를 만들어 남의 돈도 뜯고 애들을 때리고 다니면서 아무도 나를 건드리지 못하게 겁을 주곤 했다. 폭력적인 아빠에게 시달렸던 내가 아빠와 똑같이 아이들을 때리고 있었다. 일부러 싸우고 욕하고, 만만해 보이는 아이들한테는 바로 폭력을 썼다. 남은 무시하고 깎아내리면서 나는 높였다. 공부엔 관심이 없었다. 수업 시간에는 아예 들어가지 않는 날이 많았다.

나에게 아빠는 날이 갈수록 두려움의 대상이었다. 하루는 술에 취해 새벽에 들어오신 아빠가 나를 무섭게 쳐다보더니 내가 엄마를 많이 닮았다며 머리채를 잡아끌어 벽에 세워놓고 나무방망이로 사정없이 머리를 내리쳤다. 다음 날 나는 도망치듯 집을 나와 학교로 갔다. 선생님은 피멍이 든 내 얼굴을 보고 청소년 보호기관으로 연결하여 나를 쉼터로 보내주었다. 열다섯 살 때부터 나는 집 없는 떠돌이 생활을 이어왔다. 무려 2년 동안이나.

따뜻한 사랑을 받아보지 못한 나는 타인의 친절이나 칭찬에도 늘 빗나가고 엇나갔다. 세상이 싫고 사람들이 싫었다. 내가 뭘 못해도 항상 환경 탓, 주변 사람 탓으로 돌렸다. '내가 환경만 이러지 않았어도 이런 일은 없었을 거야.', '내가 이렇게 삐뚤어진 것은 다 엄마, 아빠 때문이야.', '아빠가 나를 잘 돌봐줬으면 내가 혼자 있지 않았을 거고, 혼자 있지 않았으면 나쁜 친구들이랑 어울리지도 않았을 거야.' 라고 생각했다. 법원에서 나에게 5-6호 처분* 이 내려졌을 때도 '내가 왜 이런 걸 받아야 해. 내가 뭘 잘못했기에? 재판받을 만큼 잘못한 게 뭔데?'라는 생각에 억울하고 야속했다.

처음 센터에 왔을 때 나는 아이들이 다가와도 위아래로 훑으며 경

*6호 처분: 가정법원에서 청소년을 청소년 교육기관에서 보호하도록 내려지는 처분.

계했다. 정도 주기 싫었다. 하루는 선생님께 이렇게 말했다. "여기서 나갈 때까지 마스크와 모자를 쓰고 있고 싶어요.", "여기 사람들이랑 눈도 마주치기 싫고 사람 냄새도 맡기 싫어요." 나를 걱정하던 선생님들은 나한테 "세영아, 이제 좀 적응이 되니?" 하고 물었다. 하지만 난 그럴 때마다 초점 없는 눈으로 창밖만 바라봤다. 나는 센터 선생님과 아이들을 어떻게 대해야 할지 몰랐고, 사람을 대하는 데 서툴러서 싸우게 될까봐 겁이 났다. 함부로 욕하고, 소리 지르고, 주변 물건까지 다 집어 던지고, 급기야 내 몸도 학대하던 내 성격이 드러나는 게 싫었다. 난 그런 상황을 만들고 싶지 않아 책을 읽기 시작했다.

친구야!

솔직히 말하면 나는 감정 조절이 안 되어서 그걸 피하려고 책을 읽기 시작했어. 일종의 도피처로 말이야. 책을 읽으니까 혼자 있는 시간이 많아졌어. 누구랑 싸우는 일도 없고, 또 아이들도 조용히 책을 읽는 나에게 말을 걸지 않아서 좋았어. 하지만 이건 순전히 내 생각이야. 상대방 입장에서 보면 자기를 감추고, 사람을 진심으로 대하지 않는 나를 가까이하지 않았던 거지. 어떤 아이는 내 앞에서는 가식을 떨며 친한 척했지만 속으로는 날 좋아하지 않았어. 그게 내 눈엔 다 보였어.

한번은 엄청 힘들 때가 있었는데 마음을 털어놓을 사람이 한 명도 없었어. 그제야 '아, 내 성격에 문제가 있구나.' 하고 깨달았어. 난 시련을 극복한 사람들의 자서전, 위인전, 동화, 장편소설, 삶의 지혜, 심리 등 여러 종류의 책을 구별 없이 많이 읽었는데, 그중에는 성격 파탄자 같은 주인공이 있었어. 그 주인공 주변에는 나처럼 사람이 없었어. 순간 누군가에게 들킨 것처럼 정말 부끄러웠어. 어떤 자기계발서에서 "자기 자신을 사랑해야 타인을 사랑할 수 있습니다."라는 글을 읽을 때 처음에는 '이건 대체 뭔 소리야?' 하면서 책을 탁 덮었는데 지금은 생각이 바뀌었어.

친구야!

책을 읽으니까 예전보다는 좀 수월하게 표현을 할 수 있게 되었어. 전에는 말을 해도 버벅거리고, 사람 눈을 똑바로 쳐다보고 말을 하지 못했어. 그러면서도 성격이 엄청 시끄러웠어. 왠지 불안해서 한 곳에 가만히 있지 못했어. 심지어 영화관에서도 그랬어. 방방 뛰어다니고 이리저리 쏘다니길 즐겼어. 그런데 책을 읽으니까 행동에도 변화가 왔어. 그렇게 어수선했던 내가 얌전해진 거야.

나중에는 책을 골라 읽다가 '아, 이 내용은 그 애한테 맞겠다.' 싶으면 읽으라고 갖다 줬어. 그러면 신기하게도 자기에게 딱 맞는 책이라면서 많이 공감된다고 했어. 가끔 예전의 내 성격을 닮은 애가 나한테 와서 "내 성격을 어떻게 고치면 좋을까?" 하고 물으면 내 경험담을 얘기해줬어. 내 얘기가 도움이 되었는지 생각이 바뀐 아이도 있어. 만약 예전의 나라면 이렇게 말했을 거야.

"네 성격 굳이 고칠 필요 없어. 그냥 다 보여줘. 싸가지 없이, 지금처럼 아이들한테 나쁘게 하고 다녀."

친구야!

넌 책을 어떻게 읽니? 나는 빨리 읽지 않아. 장편소설을 읽다 보면 스토리가 저절로 전개되는데 머릿속으로 장면을 그리면서 읽어. 자기계발서는 중간중간 좋은 글, 도움이 되는 글귀에 밑줄을 긋고 1, 2, 3으로 번호를 매겨. 그것을 독후감 쓸 때 이용하면 오랫동안 기억에 남아. 또 독후감을 쓰면 책 내용을 정리하게 돼. 예를 들면 언젠가 《백설공주와 일곱 난쟁이》, 《신데렐라》를 읽었어. 시간이 지나고 나면 신데렐라 이야기에 백설공주 얘기가 막 섞여. 그런데 독후감을 쓴 책들은 시간이 지나도 줄거리가 명확하게 기억이 나. 이건 내 경험이야.

친구야!

난 작년까지만 해도 아빠를 증오할 정도로 싫어했어. 아빠 생각만 하면 진짜 내 앞에 있는 것처럼 너무 화가 나서 주먹을 쥐고 이를 갈았어. '내가 왜 여기까지 왔을까?', '어쩌다 내 인생이 이렇게 됐을까?', '내가 아빠 나이의 어른이라면 난 정말 잘 살 자신 있는데, 아빤 정말 어른이 아니야.' 하면서 원망했어. 그리곤 '큰아빠, 작은아빠는 모두 잘 사시는데 왜 우리 아빠만 저렇게 힘들게 살지? 할아버지가 아빠한테만 애정을 쏟지 않으셨나?' 이런 생각까지 들었어. 아빠는 나를 때리면서도 사랑한다고 했어. 그러곤 어디 가서 기죽지 말라며 용돈을 쥐어주셨어. 아빠한테는 그게 사랑이었나 봐.

친구야!

사람은 커가면서 해야 되는 것, 하면 안 되는 것을 생활 속에서 어른들에게 배우고 자라. 그런데 나는 그런 과정을 배우지 못했어. 지금은 날마다 해야 할 일을 그 전날 다이어리의 '내일 할 일' 칸에 적어. 그리고 저녁이 되면 하나하나씩 체크를 하고, 내일 할 일을 또 적어. 그날 못한 일은 그 다음 날로 미뤄. 그것 때문에 '아, 오늘 내가 이걸 안 했네. 어떡하지?' 하고 계속 생각하면 복잡해지니까 가차 없이 그냥 다음 날로 넘기는 거야. 요즘은 일주일 동안의 목표도 정해. 이렇게 미리 계획을 짜놓으면 시간 내에 목표를 달성하기가 쉽더라고. 이게 다 책이 가져다준 변화야. 부끄럽지 않게 나를 알게 하고, 나를 돌아보게 하고, 감추고만 싶었던 나를 인정하게 했어. 책 안에서 나보다 아픔이 더 많은 이들을 만났고, 그들에게서 내가 힘낼 수 있는 격려의 말들을 들었어.

친구야!

내가 처음에 말했지, 오늘은 진짜 나에 대해 말하고 싶다고. 난 나의 지난날을 '세영이의 인생 1막'이라고 부르고 싶어. 그 안에는 슬픔만 있지 않았어. 어려울 때마다 도와준 분들이 이제야 생각나. 일주일 전에는 판사님께 편지를 썼어. 나에게 공부할 기회를 만들어주고, 맘을 다잡을 수 있게 해주셔서 감사하다고. 판사님을 잊지 못한다는 말도 썼어. 아빠한테는 지금은 연락을 안 하지만 밖에 나가게 되면 밥도 같이 먹을 계획이야. 지금까지 카네이션 한 번도 달아드린 적이 없는데 챙겨드리려고 해. 나도 사실 못난 딸이었어.

친구야!

난 욕하고 때리는 아빠를 피해서 집을 나왔어. 그게 최선이라고 생각했거든. 그런데 난 더 나빠졌어. 그래서 하는 말인데, 만약 네가 나와 같은 상황이라면 혼자 해결하려 하지 말고 주위에 도움을 청해. 친척 어른들에게 말하고 잠시 친척집에 있는 방법도 나쁘지 않아. 그리고 아는 사람 연락처를 꼭 가지고 다녀. 사람은 살다가 언제 다급한 일이 생길지 모르거든. 스스로 더 이상 망가지지 않는 방법을 찾으려 하면 도움을 줄 수 있는 어른이나 기관을 만날 수 있다고 난 믿어. 그러면 분명 돌파구가 생길 거야.

무작정 가출해서 친구를 따라가는 건 자신을 위한 방법이 절대 아니야. 해결 방법이 아니라 도망치는 길밖에 되지 않고, 그러다 보면 더 큰 범죄로 쉽게 이어지게 돼. '가출, 자기 학대, 자기 포기가 정말 나를 위한 선택일까?' 고민해보면 좋겠어. 난 뒤늦게 책을 선택했어. 앞으로도 많은 일들이 있겠지만 이제는 마음이 든든해. 책이라는 좋은 친구가 있으니까.

어둠 속에서도 빛을 찾은 너에게!

세영아 고마워!
상처투성이인 기억 속에서도 사랑의 기억을 보석처럼 발견하고
감사하는 마음을 지녀주었기에…….

세영아 고마워!
우리 삶의 많은 고통이 고통으로 끝나지 않고
더 큰 희망으로 연결되는 길임을 배워주었기에…….

세영 고마워!
어른들도 외면하고픈 삶의 무게를 묵묵히 지고 와
오늘의 이 자리에서 희망을 노래해주었기에…….

세상의 절망과 메마름 속에서도
언제나 희망이 있음을 알리는
그대는 아름다운 사람!

정말 한순간이다

밤 10시가 넘었다. 나와 수미는 놀이터 그네에 앉아 앞뒤로 헐렁헐렁 움직이며 이야길 나누고 있다. 오늘은 밖에서 보내야 한다. 몸이 으스스하다. 건너편에 편의점이 보인다.

"우리 핫초코 사 먹을까?"

"어."

그네에서 막 일어나는데 끼이익, 급브레이크 밟는 소리가 들린다. 본능적으로 시선이 간다. 헉, 아빠 차다. 내가 여기 있는 줄 어떻게 알았지? 오늘따라 열 번도 넘게 찍힌 아빠 핸드폰 번호. 그때마다 전화를 받지 않았고 나중엔 "아, 정말 짜증 나." 하며 전원을 꺼버렸다.

여기서 도망은 끝났다. 잔뜩 흥분하며 차에서 내리는 아빠의 모습에 가슴이 쿵쿵 방망이질한다. 거인처럼 다가온 아빠는 사정없이 내 등을 후려치더니 팔을 낚아챈다.

"네가 사람이냐? 이제 나도 질렸다."

"왜 때려. 내가 뭘 그렇게 잘못했는데? 이거 놔."

악을 쓰며 있는 힘을 다해 뒤로 몸을 뺀다.

"집에 가."

"싫어, 안 갈 거야. 친구랑 있을 거야."

순간 내 팔을 놓친 아빠는 이내 머리채를 잡는다. 아파서 땅바닥에 주저앉았지만 아빠는 양보하지 않는다. 내 두 어깨를 움켜쥐고 질질 끈다.

"이거 놔, 쪽팔리게……. 아빠한테 피해 준 거 없잖아. 난 친구가 더 좋단 말이야. 야, 수미야, 나 좀 도와줘."

스타킹이 찢어지고 무릎에서 피가 난다. 어쩔 줄 몰라 하며 쩔쩔매는 수미에게 미안하고, 민망하고, 쪽팔린다.

나는 엄마 얼굴을 모른다. 그러나 뒷모습은 기억한다. 삼촌들과 게임을 하며 놀고 있을 때, 엄마가 "주란아, 조금 있으면 아빠가 올 거야. 우리 애기 착하지?" 하면서 내 앞을 지나 현관문 앞에 서 있었던 것 같다. 그때 엄마를 무심코 한번 바라봤다. 엄마의 기억은 그저 그리움 없이 뒷모습 하나뿐이다.

네 살 때부터 나는 충주의 지인에게 맡겨졌다가 여덟 살 되던 해에 아빠가 찾아와 데리고 갔다. 충주에 있을 때 나는 유치원을 다니지 않았다. 아빠처럼 믿고 따랐던 아저씨랑 잠시도 떨어지기 싫어서였다. 어쩌면 어릴 때는 그 아저씨를 진짜 아빠라고 생각했을지도 모른다.

그러나 아빠와 함께 살 여건이 되지 않아 이번에는 중국에 있는 고모에게 맡겨졌다. 그 후에도 나는 이리저리 옮겨 다니다 6학년이 되어서야 다시 아빠랑 살게 되었다.

어릴 적부터 집을 여러 번 옮겨 살다 보니 나에겐 친한 친구가 없었다. 있어도 1년도 채 안 된 친구뿐이었다. 사귀려 하면 헤어지고 또 다른 데로 가서 살았다. 그래선지 난 아빠하고만 친했다. 하지만 중학교에 들어가고 사춘기가 되자 남자인 아빠에게 할 수 있는 얘기는 한계가 있었다. 그때 수미를 만났다. 친구가 없었던 나는 얼굴 꾸미는 게 취미였다. 나는 틈만 있으면 손거울과 머리빗으로 거울 속의 나를 바라보며 머리를 곱게 빗곤 했다.

우리 학교는 시험을 볼 때면 각 학년마다 모든 반을 섞었다. 월말고사 시험 중 쉬는 시간이었다. 친구가 없던 나는 시험이 끝난 뒤에도 밖으로 나가지 않고 그냥 책상에 엎드려 있었다. 그때 누군가 내 책상을 탁탁 쳤다. 나는 고개를 들었다.

"거울이랑 빗 있어?"

"있는데?"

"잠깐만 빌려주면 안 돼?"

"어, 가져가."

둘 다 워낙 주변머리가 없었지만, 수미와 나는 그날 이후 쇳가루가 자석에 붙듯 둘도 없는 사이가 되었다. 우리는 학교에 갈 때나 끝난 뒤에도 같이 다녔다. 문구점, 분식점 등을 돌아다니며 대부분의 시간을 함께 보냈다. 내 통금 시간은 저녁 6시였지만 아빠에게 전화를 하면 늘릴 수 있었다. 처음에는 한두 시간 늦는 정도였다. 하지만 시간이 갈수록 통제가 안 됐다. 나중엔 아빠 전화를 안 받기까지 했다. 걱정은 됐지만 '다음부터 안 늦으면 되지, 뭐.' 하고 넘어가기 일쑤였다. 친구를 사귈 기회가 없었던 나는 처음으로 친해진 수미랑 잠시도 떨어지기 싫었다. 우리 집보다 수미네 집에서 자는 날이 늘어만 갔다.

어느 가을날 아빠는 단풍처럼 이쁜 한 아줌마한테 나를 조카라고 소개시켰다. 배신감은 잠깐이었다. 왜냐하면 내 곁에는 수미가 있었으니까. 친구가 들어온 내 안의 세계에서 이제 아빠는 백지에 찍힌 점에 불과했다.

나는 아빠의 손아귀에서 간신히 빠져나와 편의점으로 달아났다. 아빠는 거기까지 쫓아 들어와 나를 끌고 나와서는 길가에 내팽개쳤다. 아빠 무릎이 내 배를 짓이겼다. 숨 쉬기가 어려웠다. 죽을 것만 같았다.

'아빠가 왜 날 이렇게 때리지? 노는 게 나빠? 나쁜 것도 아니잖아!'

나는 거의 탈진 상태였다. 정신도 까마득해졌다. 수미가 경찰에 신고를 한 뒤에야 상황이 정리됐다. 경찰 앞에서 나는 선서하듯 아빠에게 소리쳤다.

"나 집에 안 들어갈 거야. 친구랑 있을 거고, 내가 알아서 할 테니까 신경 쓰지 마. 그리고 나 이제부터 아빠 보지 않을 거야."

아빠는 망연자실한 듯 두 손을 부들부들 떨었다. 초등학교 때까지 80~90점의 좋은 성적을 유지하고, 놀다가도 제 시간이 되면 집에 들어왔던 딸이었는데. 그날 밤 아빠는 몰려든 사람들에게 미안하다고 고개를 숙이며 떠나갔다. 나는 경찰의 허락을 받고 울면서 수미네 집으로 갔다. 내가 왜 이렇게 변했을까? 집에 안 들어간 적은 있어도 난 그때까지 학교를 빠진 적은 없었다. 그러나 나는 급속도로 무너졌다. 한번 넘어지니 와르르 허물어졌다.

아빠한테 놀이터에서 맞은 애라고 학교에 소문이 난 후 희한한 일이 생겼다. 사고를 치고 다니는 3학년 선배들이 나에게 관심을 갖기 시작한 거다. 나는 속으로는 기분이 나빠 부글부글 끓었으나 겉으로는 안 그런 척했다. 선배들은 매번 점심시간이면 나한테 몰려와 시간을 보내다 가곤 했는데, 나는 이상하게 그게 싫지 않았다. 어느 날 수미랑 분식집에서 떡볶이를 먹고 있는데 거기서 또 선배들을 만났다.

그 다음 날부터 우리는 서로 자연스럽게 연락을 했다. 얼마 뒤 내 거처는 수미네 집에서 선배네 집으로 바뀌었다. 그때부터 무단결석이 시작됐다. 2학년이 되면서 다시 마음을 잡고 학교에 잘 다녀보려고도 했다. 그러나 또 아빠가 억지로 나를 집으로 끌고 가는 게 싫었다. 그렇게 되면 집에 갇혀 친구를 더 이상 못 보게 될까봐 두려웠다. 그때 나에겐 친구가 다였다. 아빠보다 그리고 제법 성실하게 다녔던 학교보다, 항상 곁에서 나와 함께 있어준 친구가 세상에서 가장 좋았다. 친구들, 선배들과 어울려 지내는 게 좋았던 난 선배들한테 술과 담배를 배우기 시작했다.

친구야!

밖에 나가면 누가 뭐라고 하는 사람이 없어서 자유 그 자체야. 그래서 첨엔 행복하다고 생각했어. 그런데 지금 난, 불과 몇 달 사이에 학교와 친구를 모두 다 잃었어. 컴퓨터 회사에서 꽤 잘나가는 기술자로 일했던 아빠는 음주운전으로 교통사고를 크게 내어 구치소 생활을 했어. 나 때문에 받은 스트레스가 원인 중 하나일 거야.

아빠한테 그렇게 얻어맞으면서 내가 "싫다고. 꺼지라고." 악을 쓴 그 이유를 넌 알까? 내 마음은 친구 수미가 나랑 안 놀아줄까봐, 더 크게 소리를 질렀던 거야. 아빠가 "그렇게 집에 오기 싫어? 그럼 어떡할 건데?" 하고 물을 때도 망설이지 않고 "친구 집에 갈 거야."라고 말했어. 수미가 내 마음을, 내가 이렇게 널 좋아하고 있다는 걸 알아주길 바라면서 말이야. 그토록 난 친구에게 집착했어. 커가면서 내 안에 쌓인 울분, 짜증, 외로움이 올라와 감당하기 어려운 나날들. '아, 이럴 때 친한 친구 한 명만 있었으면…….' 하고 바라던 시기에 내 앞에 나타난 수미를 어떻게 내가 놓칠 수 있었겠니.

밤마다 마땅한 잠자리가 없어 떠돌아다닐 때 아빠가 구치소에 들어갔다는 소식을 들었어. 단풍 같은 아줌마도 떠났다는 거야. 그 소식을 듣고서야 나는 집으로 돌아왔어. 겨울이었는데 공과금을 내지 않아 전기도, 가스도 모두 끊긴 상태였어. 집에서 며칠을 굶고 시름시름 앓다가 동네 사람들에게 발견되어 여기 센터에 오게 된 거야.

친구야!

구치소를 나온 아빠는 다시 일을 시작하셨어. 면회일이면 꼬박꼬박 날 보러 센터에 오시는 아빠와 많은 이야기를 나눴어. 아빠는 내가 집에 들어오지 않는 밤마다 날 얼마나 찾았는지, 새벽에도 일어나 공원 벤치에 앉아서 내가 올 때까지 기다렸다고 얘기해주셨어. 그 말을 듣고 난 아빠 입장을 생각해보면서 '나를 그렇게 혼낼 수밖에 없었겠구나. 나를 미워하고 싫어해서가 아니라 너무 걱정되고 내 마음이 변하길 바라면서 그렇게 혼냈구나.' 하는 생각이 들었어. 만약 그때로 돌아간다면 놀이터에서 바로 아빠한테 죄송하다고 할 거야. 그게 가장 먼저 내가 아빠한테 해야 할 말이었어. 늦었지만 난 아빠에게 사과드렸어. 그러면서도 '왜 진즉 이런 얘기를 나에게 해주지 못했을까.' 하고 아쉬워했어. 난 아빠한테 속마음을 얘기했어. 아빠도 좋았지만 또래 친구를 꼭 사귀고 싶었다고. 잦은 이사 때문에 속마음을 나눌 친구가 한 명도 없었을 때 만난 친구가 수미였다고.

친구야!

센터에 성미라는 애가 있어. 그 앤 입소한 지 열흘 만에 무단으로 여길 나가서 친구를 찾아갔어. 그 친구는 초등학교 때부터 사귄 오래된 친구였어. 성미는 그 애랑 있으면 뭐든지 즐겁고 행복했대. 학교에서는 그 친구랑 다니면서 사고를 치니까 아무도 이 둘을 건드리지 않았는데 그게 또 재미있고 좋았대. 이번에도 성미는 그 친구를 찾아가서 며칠을 신 나게 놀고 있었던 거야.

그러던 중 어느 날 성미를 만나자고 한 또 다른 친구가 있었어. 그 친구는 사귄지 얼마 되지 않았는데도 성미에게 햄버거를 사주면서 설득하기 시작했어. "지금은 재미있을지 모르지만 센터에 들어가지 않으면 안 돼. 마지막까지 잘하고 나와. 나랑 지금 당장 센터에 가자." 하더래. 그제야 성미는 정신이 번쩍 들었어. 언제까지 이러고 있을 수도 없는 일이고 잡히면 더 큰 처벌을 받게 될 것을 뻔히 알면서도 회피하고 있었던 거야. 그 친구는 성미랑 전철을 타고 성미가 센터 안에 들어가는 것을 보고 떠났대. 지금 성미는 잘 지내고 있어. 그리고 그 친구에게 엄청 고마워했어.

난 성미 이야기를 듣고 깊이 깨달은 게 있어. '진짜 친구는 사귄 기간이 중요한 게 아니구나. 내 미래에 대해 진심으로 생각해주는 게 진정한 친구구나.' 일단 친구는 편해야 하지만 어느 정도 선은 있어야 돼. 내가 나쁜 짓을 하면 사이가 틀어지더라도 "그건 안 돼." 하고 말해줄 수 있고, 그렇게 하면 내가 어떻게 될지 걱정해주는 사람이 진짜 친구라는 걸 이젠 알았어.

친구야!

넌 어떤 친구가 있니? 다른 친구들이 너를 어떤 친구라고 말하니? 난 가끔 수미가 어떻게 지낼까 궁금해. 수미를 다시 만나면 내가 수미를 꼭 잡아줄 거야. 함께 고민하고 격려해주는 친구가 될 거야. 또 서로의 꿈에 대해 밤새 얘기할 거야. 그때 왜 수미랑 미래에 대한 이야기를 나누지 못했을까?

친구야!

난 여기 센터에서 6개월을 살았어. 하지만 아빠의 사정 때문에 기꺼이 6개월을 더 연장했어. 예전의 나였으면 그랬을까? 절대 있을 수 없는 일이야. 아마 연장하지 않고 퇴소하여 옛날처럼 지냈을 거야. 그러면 알고 지냈던 언니, 오빠들이 내 곁에 모여들어 아빠가 없는 우리 집은 비행의 소굴이 되어 있겠지? 그런데 난 스스로 연장을 선택했어. 왜? 아빠를 위해서? 아니, 그런 거 없어. 내 미래를 절대 잃고 싶지 않아서야. 마음이 변하니까 모든 게 달라 보였어. 생각을 바꾸면 되는 것 같아.

생명의 품속에서

뿌리를 내리지 못한 꽃씨가
바람결에 따라 흩날린다.
너무 가벼워서
자신의 무게를 붙잡지 못하고
이리저리 흩날린다.

어디든 뿌리내리고 싶은 꽃씨의 갈망
자신을 온전히 보듬어줄
안전하고 따뜻한 품을 찾아
오늘도 또 다른 주란이가 거리를 방황한다.

흩날리고 방황하는 꽃씨들이
뿌리내릴 품을 찾아
아름다운 꽃들로 피어나길
오늘도 나는 기도한다.

명동
아르바이트 소녀

사람들은 요즘 덥다고 야단이다. 하지만 나는 겨울을 떠올리면, 더운 여름쯤이야 얼마든지 견딜 수 있다. 지금도 저녁이면 노점들이 명동성당 올라가는 오거리를 가득 메우고 있을 것이다. 쇼핑할 곳도 많고, 먹을거리도 풍성해서 관광객은 물론 내국인들도 몰려드는 곳이다. 샤넬, 구찌 등 명품 브랜드 짝퉁을 파는 노점도 여기저기서 볼 수 있다. 가방, 지갑, 패션 소품 등 구색을 갖춰놓고 사람들의 발길을 잡는다. 한때 나도 이 오거리에서 일했다. 내가 했던 일은 짝퉁을 파는 일이었다. 주로 일본인, 중국인 관광객들이 많이 사 간다. 나는 오전 11시에 나가서 밤 11시까지 일을 했다. 하루 종일 서서 짧은 일본말로 손님을 불렀다.

"이랏샤이마세. 이이 카방 캇테쿠다사이(어서 오세요. 좋은 가방 사세요).”

“야스이데스(쌉니다).”

“이이 카방 웃테마스(좋은 가방 팔아요).”

명동 거리는 노점들의 자리다툼이 치열하다. 그래서 서로서로 마음에 앙금이 많다. 특히 겨울에는 자리다툼이 더 심하다. 한정된 공간에서 바람도 덜 불면서 사람들도 많이 지나다니는 좋은 자리를 차지하려다 보니, 치고받고 싸우는 일이 자주 일어난다. 하루는 액세서리와 모자를 놓고 파는 아저씨랑 우리 쪽 오빠들 사이에 자리다툼이 터졌다.

“먼저 오면 그만이지 네 자리 내 자리가 어디 있어?”

“이 개 상놈의 새끼들아. 내가 딸이 셋이나 있는데 어디다 대고 반말 짓거리냐?”

싸움은 주먹다짐까지 오고 갔다. 결국 경찰이 오고 아저씨는 다리가 골절되어 병원에 실려 갔다. 아저씨는 우리 아버지뻘 되는 분이었다.

출근을 하면 한 시간은 영업 준비를 해야 한다. 명동에서 두 정거장 떨어진 곳에 수레를 모아놓은 곳이 있다. 수레차장이라고 하는데 거기에서 수레를 끌고 와서 자리를 잡고 수레 밑에 넣어둔 물건을 꺼내서 세팅을 한다. 10분이면 끝나지만 수레를 끌고 오는 시간이 제법 오래 걸린다.

장사는 큰 사장님이 따로 계시고 오빠 두 명과 친구 주희, 나 이렇게 네 명이 했다. 오빠들이 주변을 돌아다니면서 일본인 관광객을 끌어오면 우리가 일본말로 맞이했다. 물건 파는 일은 오빠들이 담당했다. 오빠들은 나이가 각각 20대 중반, 후반이었다. 점심은 돌아가면서 먹고 왔다. 겨울에는 추워서 뜨거운 국물 음식을 사 먹었다. 아침은 내가 해 먹기도 하고 급하면 김밥이나 빵을 사 먹었다.

겨울에는 추위를 피하기 위해 옷 입는 노하우가 있다. 안에는 털이 들어 있는 기모 추리닝 바지를 입는다. 꽉 끼는 청바지를 입으면 절대 안 된다. 길바닥에서 오랜 시간 서 있다 보면 피가 통하지 않아 다리가 저리고 동상에 걸린다. 윗도리는 민소매 위에 티셔츠, 그 위에 후드티를 입고 그 다음 점퍼를 입는다. 머리에는 귀마개와 목도리를 두른다. 발은 보통 양말 두 켤레, 그 위에 수면 양말을 신고 운동화를 신는다. 혈액순환을 위해 실내화를 신는 경우도 있다. 부츠는 안 신는다.

겨울 장사는 정말 상상을 초월할 정도로 춥다. 12월 3일, 칼바람이 불었던 그날은 지금도 잊히지 않는다. 너무 추워서 난로를 몇 개씩 피워놓고 일하다가 얼어 죽을 것 같아 평소보다 일찍 물건을 다 걷고 들어갔다.

나는 명동에서 가까운 곳에 있는 원룸을 얻어 살았다. 주급으로 일주일에 72만 원을 받으면 30만 원씩 저축도 하고, 남은 돈으로 주말마다 친구들 만나서 놀고, 먹고, 사고 싶은 물건도 샀다. 그때는 학교에 가고 싶은 마음이 없었다. 학생들이 명동 거리를 지나가면 부럽다기보다 '학교는 왜 가나, 귀찮게.' 하고 생각했다. 너무 철없이 돌아다닐 때였다. 당시 열여섯 살, 난 학생으로 사는 것보다 일을 하는 게 더 좋았다. 내가 일해서 돈을 벌 수 있다는 게 처음에는 마냥 기뻤다. 미성년자가 일을 하는 건 쉽지 않아서 어렵게 잡은 이 기회를 놓치고 싶지 않았다. 첫 주에 번 72만 원으로 바로 원룸을 잡고 집에 들어가지 않았다. 핸드폰 번호도 바꾸고 가족들과 연락도 하지 않은 채 살았다.

일하면서 아픈 적이 있었는데 그날은 머리가 너무 아파서 중간에 퇴근을 하고 원룸에 누워 있었다. 열이 펄펄 끓었다. 그때 나와 같이 일하던 친구 주희가 왔다. 내가 빨리 퇴근한 걸 알고 점심을 먹자고 찾아왔다가 나를 보고 응급실로 데리고 갔다. 이틀을 입원했다. 정말 눈뜰 힘도 없었다.

9월에 처음 이미테이션 일을 시작할 때는 '아, 내 힘으로 먹고살 수 있겠구나.' 싶었다. 근데 아뿔싸, 겨울이 되고 나니 노점 장사라는 게 사람이 할 짓이 아니었다. 평소에도 일 끝나고 들어오면 거의 씻지도 못한 채 잠자기 일쑤였다. 겨울에는 특히 더 심했다. 얼어붙은 몸과 부은 발을 이불 속에 넣고 녹이다가 샤워도 못 하고 그대로 자기를 반복했다. 봄과 여름에는 할 만했지만 겨울에는 너무 힘들어서 결국 일을 관뒀다.

명동 거리를 지나가면서 노점 상인들이 일하는 걸 보는 것과 그 일을 직접 해보는 건 정말 다르다. 짝퉁 장사를 하면서 가장 힘들었던 것은 사실 겨울 추위만이 아니었다. 이 장사는 모두 불법이다. 진열장 위에는 진품을 올려놓고 밑에는 짝퉁을 놓고 판다. 혹시 경찰들이 불시에 오면 걸리지 않고 잘 넘겨야 한다. 잘못해서 짝퉁을 파는 게 걸리면, 다 끌려간다. 수레까지 통째로 다 가져간다. 이 일을 하다가 교도소에 들어간 사람들도 꽤 많다. 실제로 경찰에 끌려가는 걸 목격도 했다. 그래서 일을 하면서도 마음이 항상 불안했다. '나도 언젠가는 저렇게 되지 않을까?' 하는 불안감에서 벗어나지 못했다.

두 달을 쉬다가 명동에 있는 신발 매장에서 다시 일을 시작했다. 그러나 손님 한 명, 한 명에게 친절하게 대하면서 신발을 파는 것도 쉬운 일이 아니었다. 만약 손님에게 실수라도 하면 점장님이 엄청 호되게 야단을 쳤다. 한번은 커플 손님이 왔는데 여자분이 신발을 이것저것 신어봤다. 근무하다 보면 손님을 딱 보자마자 '아, 저 사람은 신발 사겠구나.' 하는 감이 온다. 그 여자는 신발을 살 것 같지 않았다.

그냥 들어와서 신어본다는 느낌이 들었다. 계속 열 켤레도 넘게 신어 보기만 하기에 화가 나서 물었다.

"손님, 신발 사실 거예요?"

"왜요?"

"신발 사실 거냐구요."

"너 손님한테 말투가 왜 그래? 영 싸가지가 없네."

아차, 실수다 싶어 바로 "죄송합니다. 손님 죄송합니다." 사과를 했는데도 그 여자는 당장 점장님을 불렀다. 점장은 무조건 나를 혼냈다.

친구야 안녕!

우리 가족은 부모님, 나, 언니, 여동생, 남동생까지 여섯이야. 엄청 많지? 솔직히 북적거리는 게 싫어서 집을 벗어나고 싶었는데 학교는 가야 하니까 참고 있었어. 내가 초등학교에 다닐 때까지는 우리 집도 여느 가정처럼 무난하고, 나름 화목한 구석도 있었어. 그런데 4학년이 된 어느 날 아침, 일어나 보니 엄마가 아닌 아빠가 학교 준비물을 챙겨주시는 거야. 알고 보니 평소 엄마를 힘들게 했던 아빠가 바람까지 폈다지 뭐야. 엄만 너무 화가 나서 집을 나갔다가 며칠 뒤에 들어오셨어. 그런데 엄마가 돌아오신 뒤에도 예전처럼 되지는 못했어. 방 두 개에 거실 하나가 딸린 좁디좁은 집에서 여섯이나 되는 대식구가 서로를 싫어하는 부모랑 부대끼며 살아가는 모습, 상상이 되니?

내 비행은 중학교 3학년 때부터 시작되었어. 소소한 일들로 경찰서를 드나들다 같은 반 친구와 싸웠는데, 작게 시작된 학교 폭력이 결국 교내 폭행으로까지 이어졌어. 엄마는 피해자 집에 가서 무릎을 꿇고 용서를 빌며 많이 우셨지. 이 일로 난 퇴학을 당했어. 학교도 못 가니 더 이상 집에 있어야 할 이유가 없다고 생각했어. 난 집을 나와 처음에는 이수에서 자취하는 친구 집에 머물렀어. 그때부터 이것저것 닥치는 대로 알바를 시작했어.

친구야!

난 요즘 밤이 되면 가끔 옛날 생각을 해. 명동 오거리에서 짝퉁 알바 때 암기한 일본어로 손님을 부르던 내 모습을 떠올리면서 말이야.

"야스이데스.", "이이 카방 웃테마스." 그때는 빨리 돈을 벌고 싶어 정말 치열하게 일했어. 일주일에 70만 원 이상 받았으니 열여섯 살 나이로는 꽤 큰돈을 벌었던 거야. 그런데 한 달에 월세, 전기세, 물세, 기름값 등 정기적으로 나가는 돈이 100만 원이 넘었어. 거기다 세끼를 거의 다 사 먹고 필요한 거 사다 보니 그렇게 일을 해도 결과적으로 남는 게 없더라. '학교도 못 다니고 세월은 다 가고…… 무엇보다 그 시기에 가장 중요한 공부를 놓쳐버렸구나.' 이제야 그런 생각이 들어.

짝퉁 알바 일을 그만두고 신발 매장에서 7개월간 일하면서 자리가 조금씩 잡히니까 이상하게 학교도 다시 가고 싶고, 학교 다니는 친구들 소식도 궁금해졌어. 그래서 신발 매장 일을 그만두고 집에 들어갔어. 그런데 생각지 않게 복잡한 일에 휩쓸린 거야. 경찰에게 잡힌 내 친구가 사고를 쳐놓고, 그 일에서 빠져나오려고 나한테 뒤집어씌운 거였지. 경찰서에 끌려갔지만 난 대수롭게 여기지 않았어. 내가 잘못한 게 없으니 당연히 경찰도 내 말을 믿어줄 거라고 생각했거든. 근데 웬걸? 믿어주기는커녕 진실을 말해도 경찰은 날 보고 거짓말하지 말라고만 했어. 그땐 억울하다는 생각밖에 안 들었어. 화도 많이 났고. 근데 퇴소를 한 달 앞둔 지금은 경찰서를 수시로 드나든 경력과 그런 친구들과 어울렸던 내 잘못이 크다고 봐.

친구야!

난 학교를 다니지 않으면서도 내가 학생이 아니라고 생각한 적은 없었어. 그러면서도 난 학생답게 살지는 못했어. 빨리 돈 벌어서 독립하고 싶었거든. 너한테 해주고 싶은 이야기는 무슨 일을 하더라도 학생이 할 수 있는 한도 내에서 했으면 좋겠다는 거야. 학생이 해서는 안 되는 일을 계속하다 보면, 결국 학생으로 돌아올 수 없게 돼. 나가서 생활하는 아이들을 보면 나쁜 일에 빠지기가 너무 쉬워. 나도 주변에서 많이 봤어.

지금 난 33도가 넘는 여름 날씨를 견디며 대입 검정고시를 준비하고 있어. 명동에서 일할 때 자리다툼 때문에 치고받고 싸우는 것을 매일같이 지켜보면서 느낀 게 한 가지 있어. '뭔가 제대로 된 직업이 없으면 앞으로 내 미래가 쉽지 않겠구나.' 하는 생각이 들었어. 지금도 밖에 있었다면 난 또 그렇게 계속 이것저것 알바나 하다가 성인이 되어서도 여전히 그러고 있지 않을까? 며칠 전 센터 선생님이 "옥주야, 이번에 만약 검정고시 떨어지면 어떻게 할 거야?" 하고 물으셨어. 난 망설일 필요가 없었어.

"그럼 다시 봐야죠."

"합격할 때까지?"

"그럼요."

친구야!

난 학교를 관두고 돈을 벌려고 했지만 결국 남는 건 없었어. 하지만 이런 오기가 생겼어. 그 겨울, 칼바람을 맞으며 길에서 열 시간도 넘게 서 있었는데, 앞으로 나를 위해 뭘 못하겠냐고. '까짓것, 검정고시 떨어지면 또 보면 되지.'

나의 친구야!

세월 참 빨라. 이곳에 엊그제 들어온 것 같은데 벌써 퇴소라니……. 만약 시간을 낭비하고 있다는 생각이 들면 나의 모습에 가슴 아파할 사람들을 떠올려봐. 소중한 사람들의 얼굴을 한 명 한 명 떠올리다 보면 분명 멈춰지는 시점이 있을 거야. 잊지 마. 학생답게 살 수 있는 시간은 딱 그때뿐이라는 걸. 난 차가운 길거리에서 칼바람을 맞은 뒤에야 깨달았지만, 넌 그렇지 않았으면 좋겠어.

아름다운 사람!

모진 비바람을 이겨내고
희망의 씨앗을 품기 시작한 그대는
참 소중한 사람
아름다운 사람

지나온 걸음걸음은 비틀거렸어도
이제부터 희망을 향해
올곧게 걸어갈 용기를 낸 그대는
참 소중한 사람
아름다운 사람

모든 씨앗은
저마다의 고유한 빛깔의 꽃을 품고 있고
모든 젊음은
저마다의 희망의 삶을 품고 있기에
그대는 아름다운 사람
희망의 사람

'희망을 품은 자' 그대의 또 다른 이름

그대는 아름다운 사람!

엄마가
다섯 명이었던 아이

아빠는 배를 탄다. 고기를 잡는 어부인데 선장이 없으면 직접 배를 운전하기도 한다. 나는 엄마가 다섯 명이다. 장난으로 하는 말이 아니다. 정말이다. 친엄마에 대해서는 잘 모른다. 첫 번째 새엄마는 나를 두 살까지 키워줬다. 두 번째 새엄마는 네 살 때 왔는데 날 너무 싫어했다. 아빠 앞에서는 웃으며 내 머리도 빗겨주고 맛있는 것도 해주면서 "우리 딸, 우리 딸." 하고 불렀다. 그러나 아빠가 안 계시면 완전히 달라졌다.

어느 날의 기억이다. 그날 아빠는 배를 타러 나갔다. 어린이집에서 돌아온 나는 현관문을 딱 열고 들어갔는데 엄마는 나를 보자마자 인사를 안 했다고 대나무로 인정사정없이 때렸다.

"엄마가 그렇게 가르쳤어? 어떻게 인사를 안 해. 넌 입이 없어?"

나는 무조건 잘못했다고 빌었는데도 화가 풀리지 않은 엄마는 나를 화장실로 끌고 갔다. 화장실에 들어가면 변기가 있고 그 옆에 욕조가 있었는데 당시 네 살이었던 나는 키가 작아서 욕조가 엄청 높아 보였다. 엄마는 내 머리채를 잡고 변기에 머리를 박았다. 무서워서 "엄마, 엄마, 잘못했어." 하면서 울었다. 그래도 분이 안 풀린 엄마는 나를 물이 가득 차 있는 욕조에 넣고선 숨을 못 쉴 정도로 내 머리를 물 속에 담갔다. 그러고는 내가 죽을 만하면 꺼내고 죽을 만하면 꺼내길 반복했다. 그날 옆집 아줌마가 우리 집에 볼 일이 있어서 왔다가 광경을 목격해서 그 아줌마 덕분에 살았다. 그날 겪은 일을 일곱 살인 오빠한테 말했다. 바다에서 돌아온 아빠에게도 내 멍든 몸을 보여주었지만 안 믿었다. 그러다가 어느 날 엄마가 날 때리는 걸 아빠가 봤다. 그 뒤로 두 번째 엄마는 보이지 않았다.

세 번째 엄마가 왔다. 두 번째 엄마가 나간 지 한 달 만에 들어온 새엄마는 젊고 통통하고 순하고 착해 보였다. 그래서 괜찮겠지 했는데 더 심했다. 밥 맛있게 안 먹는다고 때리고, 잠 안 잔다고 때리고, 오빠랑 시끄럽게 얘기한다고 때렸다. 처음에는 손으로 때리더니 나중에는 긴 회초리로 눈에 띄지 않게 때렸다. 더 치밀한 것은 아빠랑 목욕탕에 가는 오빠는 안 때리고 그 몫까지 날 때렸다는 거다. 요즘 문제가 되고 있는 아동 학대? 옛날부터 있었다.

세 번째 엄마가 올 때쯤엔 난 너무 정신이 없었다. 부르는 사람마다 모두 '엄마'이다 보니 누구한테 진짜 '엄마'라고 불러야 하는지 혼란스러웠다. 나는 진도에 사는 친할머니한테 전화해서 물었다.

"할머니, 난 왜 엄마가 세 명이나 있어? 내 친구들은 엄마가 한 명뿐이잖아."

그때 할머니가 엉엉 울었다. 그 옆에 있던 고모도 울었단다. 난 고모한테도 엄마라고 불렀으니까.

네 번째 엄마는 내가 초등학교 1학년 때 아빠랑 이혼했다. 결국 오빠는 절로 보내지고 나는 6학년 때까지 진도 할머니한테 가서 살았다.

초등학교 3학년 때의 일이다. 학교가 끝나고 집으로 왔으나 언제나 아무도 없는 집. 혼자 밥을 먹고 툇마루에 우두커니 한참을 걸터앉아 있었다. 새엄마들이 날 죽일 만큼 때렸던 기억이 떠오르면서 문득 내가 왜 사는지 모르겠다는 생각이 들었다. 나는 이 세상에 살아 있을 가치가 없는 것 같았다. '난 이 세상에서 없어져야 할 존재야. 나는 태어나지 말았어야 했나 봐.' 하는 생각에 미치자 너무 죽고 싶었다.

번뜩 할머니 집 창고에 있는 농약이 생각났다. '그래, 죽어야겠다.' 나는 창고에 있는 제초제를 가지고 방으로 들어왔다. 크게 심호흡을 한 후 병뚜껑을 열고 마시려는데 역한 냄새 때문에 구역질이 났다. 나도 모르게 병을 던져버리고 화장실에 가서 다 토했다. 밭일을 끝내고 집에 돌아온 할머니는 제초제가 뿌려진 방바닥을 보고 깜짝 놀랐다. 나는 엉엉 울면서 할머니한테 말했다.

"할머니, 나 진짜 왜 태어났는지 모르겠어. 내가 태어나고 싶어서 태어난 것도 아닌데……. 새엄마들 기억이 자꾸 떠올라. 나 죽고 싶어."

할머니는 연신 미안하다고만 했다. 그렇게 할머니 품에서 한참을 울었다.

진도 할머니 집에서 다녔던 초등학교는 전교생이 100여 명일 정도로 작은 학교였다. 우리 반은 25명이 한 반이었는데 나만 할머니랑 살았다. 엄마와 사는 아이들은 용돈이 필요하면 엄마한테 달라고 할 텐데 난 농사짓는 할머니에게 그러질 못했다. 왠지 입이 떨어지지 않았다. 어느 날 새벽에 자다가 물이 먹고 싶어서 일어났는데 장롱 위에 돈이 보였다. 나도 모르게 그 돈을 그대로 책가방 속에 집어넣었다. 그때는 그게 도둑질인 줄도 몰랐다. 다음 날이 되어도 할머니는 눈치를 전혀 못 챈 것 같았다. 난 '괜찮네?' 하면서 그 다음부터 계속 할머니의 돈에 손을 댔다. 할머니 주머니, 찻잔 속에 담아놓은 백 원짜리…… 그러다가 삼천 원 정도 훔친 날 딱 걸렸다. 할머니가 나를 좋게 타이르듯 물었다.

"찻잔 속에 동전도 네가 가져갔냐?"

"네, 가져갔어요."

"왜 가져가?"

"뭐 먹고 싶은데…… 할머니한테 말하면 안 줄까봐서……."

"그건, 나쁜 짓이다. 다음부터는 할머니가 줄 테니 그러지 말아라."

그날 이후로 나는 할머니 돈이 아니라 친구들의 물건을 훔치기 시작했다. 나를 미워하는 수학 선생님 지갑도 가져갔다. 그러다가 6학년 때는 잠잠했다. 그 기간은 할머니랑 잘 통하고 얘기도 많이 하고 편안했다. 나랑 같이 물건을 훔쳤던 친구도 불안하면 훔치게 된다고 했다.

아빠가 다섯 번째 새엄마를 데리고 왔을 때 나는 짜증이 나면서도 포기하는 심정이었다. 나는 그 엄마랑 함께 사는 걸 거부했다. 아빠는 나를 설득하기 시작했다.

"엄마라고는 부르지 않아도 돼."

"아니야, 할머니랑 살다 대학 다닐 때 그때 아빠랑 살게. 그때까지는 싫어."

"이 엄마는 달라."

"아빠가 어떻게 알아? 예전 엄마가 나 때리고 죽이려고 한 거 알아?"

그러나 결국 함께 살게 되었다. 중학생이 된 나는 다섯 번째 엄마에게 또 맞을까봐, 버림받을까봐 불안했다. 엄마는 진심으로 나한테 잘해주었으나 가식처럼 느껴졌다. '저러다 아빠가 없으면 나를 죽이려고 하겠지?' 이런 마음이 들었다.

잠잠했던 도벽이 다시 튀어나왔다. 엄마 지갑에서 천 원짜리 지폐를 훔쳤다. 눈치를 챈 엄마가 훔쳤으면 훔쳤다고 솔직하게 말하라고 타일렀다. 엄마는 거짓말을 아주 싫어했다. 그러나 나는 맞을까봐 무서워서 안 그랬다고 둘러댔다. 나는 평소에 돈이 필요해도 괜히 엄마 눈치가 보여 말을 못했다. 그날도 준비물을 사야 하는데 말도 못하고 엄마 지갑에서 돈을 뺀 것이다. 엄마한테 달라고 하면 준다고 했는데도 말이다. 난 엄마에게 뭔가 잘 보여야 한다는 마음이 있었다. 내가 돈을 달라고 하면 혹시 엄마가 '쟤는 왜 저럴까?' 하고 생각할까봐 싫었다. 그래서 '말하지 말자. 말하지 말자.' 하고 생각을 굴리다 훔쳐버렸다.

나의 도벽은 계속됐지만 중학교 2학년 때까지는 공부도 열심히 하고 반항하지 않은 채 엄마가 시키는 대로 했다. 그러다 중학교 3학년 때 감정이 터졌다. 엄마가 뭘 챙겨주려 해도 괜히 반항하고 삐딱하게 굴었다. "그래 봤자 새엄마야." 하면서 모진 말도 서슴없이 내뱉었다. 새엄마랑 빨리 헤어지라고 아빠한테 하는 시위였다. 그러다가도 어느 날은 다시 엄마한테 잘해야겠다고 마음먹고 일부러 "엄마, 엄마." 했지만 내 마음은 늘 뭔가에 쫓기듯 불안했다. 나는 집을 나오고 말았다.

친구야!

다섯 번째 엄마랑 살던 나는 중학교 3학년 때 가출을 했어. 엄마랑 큰소리로 싸우고 나왔지. 집을 나와 2~3일 동안은 친구네 집에 있었어. 엄마는 친구랑 아이스크림 가게에 있던 나를 붙잡아 집으로 데리고 갔어. 엄마는 나를 친구 집에서 때려서도 잡아오고 경찰서에서도 빼 왔어. 하지만 엄마가 내게 가까이 다가오면 올수록 난 더 멀리 달아나려고 했어. 하루는 내가 다니는 교회 목사님이 말씀하시더라. 난 교회 헌금도 털었거든.

"네가 그렇게 손버릇도 나쁘고, 너 때문에 엄마가 경찰서를 수십 번 밥 먹듯 왔다 갔다 하는데…… 친엄마도 그렇게는 못할 게다."

하지만 난 내 잘못은 모르고 친엄마가 아니고 새엄마니까 날 때리고 언젠가는 떠날 거라고 의심했지. 그러다 결정적으로 엄마를 받아들이게 된 사건이 있었어.

친구야!

난 여기 오기 전에 보호관찰* 명령을 위반하고 대전에서 지내고 있었어. 어떻게 알았는지 엄마한테 연락이 왔어. "빨리 들어와서 자수해. 마음 편하게 살자. 오빠도 지금 집에 왔다." 그 말에 난 마음을 굳게 먹고 집으로 들어갔어. 엄마는 욕 한 마디 안 하고 날 안아주셨어. 나는 그날 '진짜 자수하자.'고 마음먹었어.

그런데 그날 밤 새벽에 잠에서 깼는데 문득 이런 생각이 몰려왔어. '내가 자수를 해도 보호관찰을 많이 어겼기 때문에 분명 소년원이나 기관에 들어갈 거야.' 한 번도 그런 곳에 가본 적 없던 나는 덜컥 겁이 났어. 그래서 그 새벽에 도망을 쳤어. 다음 날 엄마랑 같이 법원에 출석하기로 했는데, 엄마 입장에서는 마음이 무너졌을 거야. 나는 도망은 나왔지만 금방 후회가 되어 엄마한테 전화했어.

"엄마, 나 집에 다시 가고 싶어. 그런데 너무 무서워."

엄마는 흐느껴 울면서 "희애야. 엄마는 너를 믿어. 다른 사람들이 다 등 돌리고 외면해도…… 엄마는 항상 네 편이야." 하고 말씀하셨어.

그때까지도 엄마를 안 믿었는데 난 펑펑 울면서 말했어.

"엄마, 알았어. 당장 갈게."

나는 전화를 끊고 집에 들어갔어.

* 일탈의 위험이 있다고 인정되는 사람을 법적으로 지도 관리하는 제도.

친구야!

요즘은 엄마, 아빠가 이혼해서 예전의 나처럼 할머니랑 살고 있는 아이들이 많아. 난 이해가 안 되는 게 있어. 친엄마, 친아빠가 다 계시는데도 반항하는 아이들이야. 나랑 친하게 지내는 친구가 있는데 걔는 엄마, 아빠가 다 계셔. 그런데 나랑 똑같이 부모한테 반항을 했어. 어떻게 저렇게 모진 말을 할 수 있을까? 난 친부모가 모두 있다는 것만으로도 너무 부러운데 말이야. 새엄마들에게 상처를 많이 받은 나로서는 엄마, 아빠한테 모진 말을 하는 친구들이 이해가 되지 않았어. 그 친구들에게 이렇게 말하고 싶어. 친부모가 다 계신다는 건 당연한 게 아니라 정말 큰 행복이라고.

친구야!

난 아무도 모르게 혼자 겪어야 했던 아픔이 있어. 나는 다섯 명의 엄마를 거치는 동안 그때마다 죽음의 공포에 떨면서도 늘 마음 한편으로는 버림받으면 어떡하나 불안했어. 친구야, 너도 나처럼 그런 마음이 드니? 그래서 부모님한테 대들고 반항하니? 넌 내 처지와는 달라. 모두 친부모님이잖아. 적어도 넌 버림받을 거라는 생각은 없잖아.

친구야!

내 인생 최대의 후회는 지금 새엄마의 진심을 몰라주고 방황했다는 거야. 엄마, 아빠 마음 아프게 하지 마. 솔직히 지금 새엄마의 마음이 가식이었으면 나 때문에 경찰서와 법원에 수십 번 불려가고, 남들에게 죄송하다며 고개 숙이지 않았을 거야. 새엄마는 내가 재판받을 때마다 안 오신 적이 한 번도 없었어. 또 뱃일하는 아빠가 석 달에 한 번씩밖에 집에 못 오고, 돈도 많이 벌지 못하는데 돈을 보고 왔으면 벌써 떠났을 거야. 그런데 지금까지 살아주고 내가 반항한 지 3년이나 되는데도 날 기다려줬어.

나 때문에 엄마는 당뇨를 앓아. 내가 여기 센터에 들어올 때는 병원에 입원했었는데 지금은 집에 계신다고 들었어.

나의 어릴 적 상처는 여러 방면으로 치료를 받아 많이 좋아졌어. 이렇게 너에게 마음을 털어놓으면서 또 한 번 치유되리라 믿어. 그런 의미에서 내 이야기 들어줘서 정말 고마워.

엄마가 되게 하소서!

엄마는
세상 폭풍우 속에서
나를 안전하게 지켜주는 집이고

엄마는
절망에 주저앉아 다시 일어서고 싶지 않을 때
나를 일으켜 세우는 기적의 손이고

엄마는
내 고통을 자신의 눈물로 씻어
나를 다시 웃게 하는 사랑의 마법사다.

세상 그 어떤 자리보다 희생과 사랑이 필요하지만
세상 그 어떤 자리보다 감탄과 환희를 선물받는
엄마의 자리!

집이 되고,

기적의 손이 되고,

사랑의 마법사가 되어,

세상에서 가장 고귀한 이름 '엄마'가 되게 하소서!

나쁜 습관을 없애는 비결

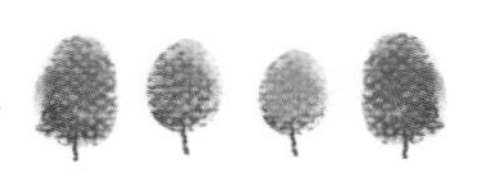

언젠가부터 동수가 축구를 할 때 나에게 패스를 하지 않는다. 그런 동수가 괘씸하다. '동수 새끼 손 좀 봐줘?' 속으로 생각하며 운동화를 벗고 있는데 동수가 내 앞을 지나친다. 잽싸게 동수 앞을 가로막고 그 새끼 면상에 얼굴을 들이대고선 시비조로 묻는다.

"동수 너, 나한테 무슨 악감정 있냐?"

"뭐라고?"

"너, 아까 나한테 패스 안 했잖아."

"나 너 못 봤는데?"

"못 봐서 패스 안 했어? 너 말투가 왜 그러냐?" 하고 뒷걸음질하는 동수에게 소리친다.

"아, 이 개새끼 죽여버려?"

"어쩔 건데 새끼야."

화가 끝까지 오른 동수가 갑자기 우리 부모를 들먹거린다. 남자 애들은 싸우다가 끝장이다 싶으면 고의적으로 상대를 가장 기분 나쁘게 하는 칼이 있다. 바로 부모에 대한 모욕이다.

"니네 엄마가 그렇게 가르쳤냐?"

"이 개새끼, 네가 뭔데 우리 엄마 욕하고 지랄이야."

더 이상 말이 필요 없다. 나와 동수는 누가 먼저랄 것도 없이 치고, 박고, 엎어지며 피 터지게 싸운다.

며칠 전, 승모와 창호가 붙었을 때도 비슷했다.

"니네 엄마 병신이잖아."

"우리 엄마가 왜 병신이냐? 니네 엄마가 병신이지." 하면서 둘이 막 엉키려는 순간 내가 끼어들어 "창호 네가 뭔데 승모 엄마를 욕하냐?"라고 하면서 둘 다 때렸다.

센터 아이들 사이에서 나는 형님뻘이다. 거기다가 내 왼쪽 팔목 전체에 구렁이 문신이 새겨져 있어 아이들은 속으로 '아, 저 애 문신도 있고…… 절대 앞에서 까불면 안 되겠네.' 하고 겁을 먹는다. 그러면 나도 속으로 생각한다. '아, 네가 나를 세다고 인식했구나. 그래 잘 봤어. 나 좀 세니까 넌 내 밑에서 기면 돼.'

나는 애들에게 뭘 시킬 때는 절대 윽박지르거나 협박 투로 안 한다.

"제동아, 미안해. 내 빨래 좀 해줄래?" 하고 부탁조로 말한다.

그러면 대부분의 아이들은 내 부탁을 잘 들어준다. 가끔 지나가는 친구들 머리를 팍팍 치며 장난을 걸곤 한다. 그때 만약 나에게 인상을 쓰거나 한마디라도 했다 하면 "장난인데 왜 그래? 기분 나빠?" 하면서 그 자식 머리를 또 탁 때리곤 한다.

짐작했겠지만, 나에게는 습관적으로 남을 괴롭히는 버릇이 있다. 몇 번 고치려고도 해봤지만 잘 안 된다. 권투를 배웠던 실력으로 상대방 이가 왕창 나갈 정도로도 때리고, 눈가의 뼈를 함몰시킨 적도 있다. 이래저래 난 센터에서 요주의 인물이다.

나도 그렇지만 여기 들어온 아이들은 거의 나쁜 습관을 반복하다 결국 걸린 애들이다. 나는 폭력으로 들어왔고 여기서 사귄 태현이는 절도로 왔는데, 새벽 2~3시쯤 사람들이 거의 없는 틈을 타 동네의 작은 슈퍼, 미용실, 옷가게, 정육점 등을 털었다고 한다.

나쁜 짓을 하면 맨 처음엔 누구나 다 걸릴까봐 무서워한다. 그러나 몇 번 하다 보면 '잡히면 잡히는 거지.' 하면서 계속하게 되고 나중에는 아무 생각 없이 습관처럼 범죄를 저지르게 된다. 도벽이 심했던 정우의 이야기는 나에게 충격이었다. 훔치는 게 습관이 된 정우는 자기도 모르게 남의 것을 가져온다고 했다.

"특별한 목적이 있거나 계획적으로 훔치는 게 아니야. 내가 하면서도 몰라. 진짜 훔치기 싫은데 내 손에 쥐어져 있는 거야."

정우가 중학교에 올라와 가출하여 밖에서 지낼 때였다. 어느 날 버스를 탔는데 앞에 서 있는 아저씨 뒷주머니에 까만 지갑이 삐죽 나와 있었다. 그걸 보는 순간 갑자기 손이 막 그 아저씨 주머니 쪽으로 가려고 했다. 너무나 놀란 정우는 '왜, 왜 이래, 내가 돌았구나…….' 하면서 양손을 머리 위로 올려 두 손이 움직이지 못하게 버스 손잡이를 꽉 잡았다. 자기 행동에 큰 충격을 받은 정우는 그날부터 일주일 동안 집에만 있다가 그 일을 친구에게 솔직히 고백했다. 정우의 도벽을 알고 있던 친구는 그에게 용기를 주었다.

"원래 한번 그렇게 충격을 받아야 도벽을 끊을 수 있어. 잘된 거야. 너무 나쁘게만 생각하지 마. 이 기회가 좋은 거야."

그때부터 정우는 자기를 의식하면서 살았다고 한다.

그런데 정우 이야기보다 내 눈으로 직접 본 진짜 충격적인 사건이 있었다. 그날은 내가 재판을 받기 위해 법원으로 송치되던 날이었다. 수갑을 차고 복도 코너를 돌았는데 저 앞에 수의를 입은 어떤 아저씨가 터덜터덜 걷고 있었다. 그분도 나처럼 앞으로 수갑을 찼기에 두 손은 보이지 않았다. 아저씨 양 옆구리를 경찰관 두 명이 붙들고 걸었다. 나는 복도가 끝날 때까지 그 아저씨의 뒷모습을 정면으로 보고 걸어야 했다. 바짝 마른 몸 때문에 하늘색 수의가 더더욱 초라해 보였다. 아저씨는 고무신을 질질 끌면서 고개를 흔들며 걸었다. 마치 '될 대로 돼라. 난 인생 포기했소.' 하고 온몸으로 말하는 것 같았다. '저 아저씨의 모습이 미래의 내 모습이 아닐까?' 하는 생각에 온몸에 소름이 돋았다. 나도 계속 법원을 들락거리다 보면 결국 저렇게 될 거라는 생각이 머릿속에 맴돌았다.

어른들이 가는 교도소에는 할아버지, 할머니들도 꽤 있다고 들었다. 대부분은 끊지 못한 나쁜 습관 때문에 젊었을 때부터 교도소를 안방처럼 왔다 갔다 하다 나이가 든 것이다. 한 달 후면 나는 여기 센터를 퇴소한다. 요즘 생각이 많다. 이제 한 번만 더 사고를 치면 나는 소년원에 가게 된다. 그래서 퇴소가 좋기는 하지만 솔직히 두려운 마음이 앞선다.

친구야!

나는 여기서도 습관적으로 아이들을 괴롭히고, 빨래 시키고 때렸어. 이러다 보니 선생님은 내가 누구랑 싸우면 상대 아이의 말만 들었어. 냉정하게 보면 당연한 건데, 그 순간에는 정말 화가 났어. '왜 내 편이 되어주지 않을까? 내가 센터 안에서도 사고를 많이 쳐서?' 아마 그럴 거라는 생각이 들어 씁쓸했어. 그래서 한때는 이를 악물었어.

'좋아. 센터 생활을 잘해서 선생님의 인식을 바꿔버리자.'

퇴소를 앞두고 요즘 노력하는 점은 행동을 하기 전에 때리면 어떻게 될지를 먼저 생각하고 판단해. 그리고 '나는 집에 가야 된다. 나는 외동아들이다. 나는 부모님이랑 함께 살고 싶다.'라고 머리로 주문을 보내. 또 잠들기 전에는 앞으로 어떻게 생활하겠다고 마음속으로 다짐을 해.

친구야!

센터 애들 중에 명일이라는 친구가 있어. 그 앤 틱 장애가 있는데 불안하면 틱 장애가 더 심해진대. 명일이만이 아니라 사실 여기 온 아이들은 밖에서 생활할 때 늘 불안한 마음으로 살았어. 나쁜 일을 해놓고선 잡힐까봐 불안에 떨면서 손톱을 물어뜯는 아이도 있어. 그런데 어느 날부터 명일이가 눈에 띄게 틱을 안 하는 거야. 얼굴도 밝아지고 한마디로 좋게 변한 거야.

'대체 명일이한테 무슨 일이 있었던 걸까?'

명일이는 나랑 동갑내기야. 평소에 워낙 말수가 적어서 장난도 쉽게 못 치곤 했지만 어떻게 고치게 된 건지 무척 궁금했어. 나도 좋아지고 싶었으니까. 그래서 이유를 물었어. 명일이는 한참을 대답 없이 입을 꾹 다물고 있었어. 그 모습이 참 진지해 보인다고 생각하고 있는데 명일이가 나를 똑바로 바라보며 말했어.

"나, 확실한 꿈이 생겼어. 꿈에 집중하다 보면 앞으로 내 틱은 완전히 없어질 거야."

명일이는 결심을 단단히 한 것처럼 보였어. 그런데 난 그 말이 설득력 있게 들리지 않더라고. 그래서 다시 물었어.

"꿈이 있으면 좋아진다는 거야? 넌 틱도 안 하고?"

내 눈을 마주치며 명일이가 대답했어.

"꿈이 있으면 방황할 수가 없어. 목표가 있기 때문에 그래. 우리가 나쁜 짓을 저지를 때도 '내가 저걸 어떻게 해서 가져올 것이다.'라는 목표가 있잖아?"

범죄에도 목표가 있다는 말에 난 완전 공감이 갔어. 명일이의 다음 말을 들으니 딱, '필'이 왔어.

"꿈을 가지니까 안 할 각오가 생기고, 정말 이루고 싶은 목표가 있으면 나쁜 짓을 또 하면 안 되는 걸 이젠 알아."

자신의 꿈을 나쁜 짓과 바꾸지 않겠다는 명일이의 각오는 내게 진정한 깨달음으로 다가왔어.

친구야!

명일이의 말을 듣고 문득 지난 주일날 미사 광경이 생각났어. 신부님이 혼탁한 물에 맑은 물을 한 방울씩 계속 넣으니 서서히 그 물이 맑은 물로 변했거든. 우리에게 떨어뜨리는 맑은 물이 바로 꿈이 아닐까? 지금 당장 눈앞이 혼탁해서 아무것도 보이지 않아도, 나에게 꿈을 한 방울, 한 방울씩 계속 떨어뜨리면 내 앞날도, 나 자신도 모두 좋은 방향으로 변하게 될 거라는 걸 그제야 알 것 같았어.

친구야!

나쁜 습관이나 나쁜 짓을 안 하겠다고 결심하고 참는 것은 정말 중요해. 하지만 참는 것은 아직도 그쪽에 마음이 있다는 거야. 꿈은 내 마음의 시선을 완전히 딴 곳으로 돌리게 해줘. 그러니까 나쁜 짓을 할 생각마저 잊어버리게 되는 거야. 난 명일이의 말을 그렇게 이해했어.

명일이는 확신에 차서 말했어.

"진짜 이루고 싶은 확실한 꿈이 있다면 우린 더 이상 방황하지 않을 거야."

친구야!

학교를 다니다가 센터에 오게 되면 학교에서는 이곳에서 지내는 6개월을 출석으로 인정해줘. 시험 기간에는 담임 선생님이 시험지를 가지고 와. 재학 중인 아이들은 다 그렇게 학교에서 배려해주고 있어. 명일이는 이번에 기말고사를 쳤는데 성적이 조금 올랐대. 수학 점수가 올라서 좋아했어. 명일이는 완전 기초부터 다시 공부하고 문제지를 풀었대. 밖에서는 해보지도 않고 포기했는데 말이야. 명일이는 기계에 관심이 있다는 걸 알게 되어서 기계 공학이나 조립과에 진학하여 일류 기술자가 될 거라고 해.

"지금 당장 눈앞이 혼탁해서
아무것도 보이지 않아도,
나에게 꿈을 한 방울, 한 방울씩
계속 떨어뜨리면
내 앞날도, 나 자신도
모두 좋은 방향으로 변하게 될 거라는 걸
그제야 알 것 같았어."

비상(飛上)

패배의 시선은 절망을 낳고
긍정의 시선은 희망을 낳는다.

산 아래에서는
한 그루의 나무도 버겁게 느껴지고
산 위에 올라 바라보면
거대한 숲도 품속에 들어온다.

젊은이여!
독수리 날개 쳐 올라 비상(飛上)하듯
힘차게 꿈을 향해 날아올라
드넓은 세상을 훨훨 날아다니렴.

젊은이여!
어제를 용서하고,
오늘을 인내하며,
내일을 희망찬 가슴 벅참으로 기뻐하렴.

괜찮지 않았던 나

그날 밤 센터 아이들과 거실에 앉아 9시 뉴스를 보고 있었다.

"서울의 한 모텔에서 가출 여중생(15)이 침대에서 목이 졸려 숨진 채 발견되었습니다. H 양은 지난달 온라인 대화방을 통해 김 아무개(38), 최 아무개(28) 씨를 만난 뒤 성매매를 해온 것으로 조사되었습니다."

나는 그만 현기증이 일었다. 남자 아나운서의 목소리는 또박또박 계속 이어졌다.

"유력한 용의자인 김 씨는 혐의를 부인하고 있습니다."

금방이라도 옆으로 쓰러질 것 같은 몸을 손바닥으로 간신히 짚고 버텼다. 뉴스 속의 죽은 성매매 소녀 H양, 성과 이름만 달랐을 뿐 바로 나였다. 이마의 식은땀을 아이들이 눈치 못 채게 가만히 닦아냈다.

여기 오기 전 나는 열다섯 살에 가출하여 얼마 동안은 친구 집에서 신세를 졌다. 그러나 그 생활도 오래갈 수 없었다. 가출을 하는 친구들은 대부분 집을 나오면 먹고 입고 날마다 잠잘 곳이 문제라는 걸 실감하지 못한다. 아니 감이 안 온다. 급기야는 잠잘 데가 없어서 성을 팔고 모텔에 가서 잔다. 성관계. 처음에는 막연해서 그게 뭔지도 잘 모르면서 하고, 당하고, 나중에는 성을 이용해 상대를 협박하여 큰돈을 뜯어내기까지 한다. 나는 그 모든 것을 다 겪었다.

그런 돈으로 원룸을 얻어 혼자 살 즈음엔 난 이미 조건 만남에 익숙해져 있었다. 조건 만남 상대는 30대에서 40대 아저씨들이었다. 그들은 내 원룸으로 왔는데 항상 새로운 사람은 아니었다. 성매매는 불법이어서 양쪽 다 잡힌다. 그래서 생판 모르는 아이한테 가는 것보다 안면이 있는 사람을 택한다. 그래야 걸리지 않고 안전하기 때문이다. 그런 정보를 잘 알기에 나는 구면인 사람에게는 돈을 더 달라고 한다. 그러면 그들은 군말 없이 더 준다. 그렇게 번 돈으로 월세 40만 원을 내고 나머지는 노는 데 썼다.

집을 나오기 전, 그때는 네이트온으로 자기 아이디를 뿌리는 게 유행이었다. 어느 날 낯선 언니가 네이트온에 들어왔다. 쪽지로 내가 먼저 말을 걸고 친구 신청을 했다. 언니와 나는 채팅으로 점차 친해졌다. 그리고 얼마 뒤 구로에서 그 언니를 만나기로 했다. 약속 장소에서 주위를 둘러보다 '저 언니구나.' 하고 잡히는 사람이 있었다. 언니 이름은 유리이고, 나보다 두 살 많은 열일곱이었다. 첫날은 언니랑 햄버거만 먹고 돌아왔다. 그런데 어느 날 언니가 가출을 했다고 연락을 해왔다. 나는 그날 학교에 가지 않고 언니를 만나 밥 먹고 돌아다녔다. 같이 있으니까 집에 가기가 싫었다. 나는 엄마, 아빠에게 말도 하지 않고 집에 들어가지 않았다. 그 전까지 난 외박이나 가출을 한 적이 없었다. 가출하면 더 무섭고 두려운 것들이 천진데 난 거기까지 생각을 못했다. 당장 집에 들어가면 엄마, 아빠의 반응이 두려웠고 야단치고 때리지 않을지 그것이 무서웠다. 두려움에 하룻밤, 이틀 밤 밖에서 자다 보니, 나중에는 아예 집에 들어갈 용기가 생기지 않았다.

한동안 나는 그 언니랑 같이 있었다. 아무것도 가진 게 없어서 신세를 지고 있었다. 그런 내 자신이 참 불쌍했다.

어느 날 언니 핸드폰이 계속 울렸다.

"누구야, 언니?"

"아, 짜증 나. 안 나올 거냐고 하잖아."

"언니, 내가 나갈까?"

나는 선뜻 말했다.

"뭐, 네가 간다고? 안 돼."

그러나 언니 대신 내가 나가야 될 것 같았다. 왠지 그런 생각이 들었다. 언니에게 신세 지고 있는 입장이라서 그랬을 것이다. 나는 그게 뭔지 대충 알고는 있었지만 솔직히 뭘 어떻게 하는 건지는 몰랐다. 그런데 어떻게 성매매를 하겠다고 선뜻 나설 수 있었을까. 나는 집에서 나와 있으면서 쉼터에 사는 친구를 보러 갔다가 거기서 잠깐 지낸 적이 있었다. 그때 아이들이 노트북으로 채팅을 한 후 새벽에 몰래 나가는 걸 봤다. '쟤네들은 뭘 하러 저렇게 나가나?' 했는데 그게 성매매라는 건 나중에 알았다.

나는 지하철역 출구에서 그 남자를 만났다. 그 전에 미리 옷은 어떻게 입었고 인상착의는 어떻다는 것을 서로 주고받았다. 그 남자는 나를 보더니 네가 맞냐고 물었다. 그렇다고 대답했다. 남자가 앞에 가고 나는 그 뒤를 따라 걷다가 모텔로 들어갔다. 카운터 안에서는 그 남자 뒤에 서 있던 내가 잘 안 보였을 것이다. 하지만 미성년자라는 걸 알았어도 아마 방을 줬을 것이다. 관계 후 남자는 나에게 현금을 줬다. 집으로 돌아온 나를 보고 언니는 왜 나갔냐고 했지만 괜찮다고 말했다.

처음에는 부끄러웠으나 수치심까지는 들지 않았다. 나는 시간이 갈수록 당돌해졌다. '까짓것 아무렇지도 않아. 아무렇지도 않다니까. 한두 시간만 가만히 있으면 돼……. 난 돈이 필요해. 그러니까 하는 거야.' 생각했다. 받은 돈은 누구한테도 뜯기지 않았다. 몸이 아픈 적은 없다. 있어봤자 질염 정도였다. 이상한 행위를 요구하거나 때리는 사람은 다행히 만나지 않았다. 짜증이 날 때도 있었지만 익숙해지니까 진짜 별것 아니었다. 하지만 가끔씩 혼자 있다가 갑자기 우울해질 때는 술을 마셨다.

조건 사기도 했다. 알고 지내던 남자들이랑 계획하여 협박과 폭행으로 돈을 뜯어내는 거였다. 나는 남자를 부르는 역할을 했다. 한 건에 큰돈을 벌어들였다. 그때는 돈에 대한 개념이 없었다. 그래서 백만 원을 하루에 다 쓰기도 했다. 그렇게 아무 일 없이 지내다가 갑자기 경찰에 체포되었다. 조건 사기를 당한 피해자가 신고를 한 거다. 그날부터 4일 동안 유치장에서 조사를 받고 풀려난 뒤 재판 날짜를 기다렸다. 공범들은 구속되고 나만 풀렸는데 한 달 뒤에 재판을 받았다.

현재 내 팔목에는 칼자국이 꽤 많다. 유치장에서 나온 후 칼로 막 긁었다. 본드를 하게 된 것은 원룸에서 조건 만남으로 생활할 때부터다. 내가 방을 얻어 혼자 살 때 친한 친구 경미도 가출을 했는데 갈 곳이 없다 보니 나에게 왔다. 경미가 본드를 흡입하는 걸 보고 나도 호기심으로 같이 했다. 그 뒤로 지금까지 머리가 늘 아프다. 본드를 한 뒤부터 갑자기 생긴 증상이다.

어느 날 내가 조건 만남을 하는 것을 보고 경미도 그 일을 시작하게 되었다. 내가 집을 나왔을 때 유리 언니에게 신세 지고 있으면서 그 언니를 따라 시작한 것처럼 말이다. 그 당시를 생각하면 아직도 친구에게 정말 미안하다. 그때는 경미를 보면서 '내 몸도 아닌데 무슨 상관이야. 어차피 너도 돈이 없어서 하는 거잖아.' 하고 생각했다. 유리 언니도 나를 보면서 그랬을 것이다.

성관계를 하면 임신이 된다는 건 나도 안다. 하지만 남자와 관계를 한다고 임신이 쉽게 되는 것도 아니고 '나는 괜찮겠지.'라는 착각을 한다. 경미는 여러 번 임신을 해서 두 번 유산되고 불법으로 낙태 수술을 하다가 제대로 안 되어 왼쪽 난소에 남아 있던 잔해물이 혹이 되었다. 결국 혹이 너무 커져서 난소를 잘랐다. 경미는 이제 난소가 하나밖에 없다. 성매매를 하는 아이들 대부분이 성병에 걸려 산부인과에 가기도 한다. 다행히 난 임신도 안 했고 성병도 걸리지 않았다. 그래서 난 몸도 마음도 아무렇지 않을까? 정말 아무렇지 않아서, 술 마시고 혼자 울며 자해하고 본드도 하고 그랬을까?

친구야!

내가 가출한 일이 아주 까마득하게 먼일처럼 느껴져. 원룸에 혼자 살면서 진짜 많이 느낀 건 해야 할 일이 많다는 거야. 평소에 안 샀던 물건들을 모두 내가 사야 했어. 세제, 칫솔, 치약, 샴푸, 린스 거기에 월세, 수도세, 전기세 등등 하루하루 사는 게 너무 복잡하고 할 게 많았어. 집에서는 다 엄마가 해줬는데……. 집을 나올 때는 '어떻게든 되겠지.' 하고 쉽게 생각했거든.

난 뭘 훔치고, 누굴 때리는 거 진짜 싫어해. 그래서 가출하고 난 후 그런 것은 안 했어. 내가 처음부터 성매매를 했던 것은 아니야. 나이를 속이고 고깃집에서 서빙을 해봤는데 하루 일하고 이삼일 몸살을 앓았어. 전단지도 돌려봤지만 다리품에 비해 돈이 너무 적었어. 난 스스로 살아갈 수 있다고 막연히 생각했는데 일도 힘들고 벌이도 용돈 수준밖에 안 됐어.

친구야!

우리 아빠는 내가 엄마 없이 크는 게 싫다며 내가 아주 어릴 때 재혼을 했어. 새엄마는 엄격하고 정리정돈도 잘하는 사람인데 내가 중학교 2학년 때 술 먹고 담배 피우고 조건 만남까지 한다는 걸 알게 되었을 때 받아들이기 힘들었을 거야. 나 때문에 경찰서에 왔다 갔다 하면서 엄마는 많이 울었어. 엄마랑 처음부터 사이가 나빴던 건 아니야. 워낙 엄해서 꾸중도 자주 듣다 보니, 언젠가부터 엄마가 무섭고 두려운 존재가 되었어. 우리 사이는 자연스럽게 멀어졌고 내가 눈치를 보기 시작하면서 엄마를 피하게 되었어. 집이 불편했던 나는 밖으로 돌았어. 그런데 어찌된 게 밖에서 사는 게 더 불편하고 할 일도 많은 거야. 집에서는 화장실 청소, 세탁기도 안 돌려봤고, 밥도 그때 처음 해봤어. 쓰레기 버리기, 청소하기 등 그 많은 일들을 집에서는 새엄마가 해줬다는 걸 난 그제야 깨달았어.

친구야!

얼마 전부터 초등학교 때 조금 배웠던 피아노를 다시 치기 시작했어. 노력하니까 악보가 보여. 지금은 '엘리제를 위하여'를 반 정도 칠 수 있게 되었어. 어렸을 때 바이엘 들어가기 전에 동요집이랑 소곡집을 몇 장 치다 관뒀는데 참 신기하게도 기억하고 있었어. 여기 들어왔을 때 처음에는 매일 우울해서 말도 안 하고 수업도 적극적으로 참여하지 않았어. 또 원래 남 앞에서 공연이나 발표하는 것도 싫어했어. 그런데 자기가 배운 것을 발표하며 뿌듯해하는 아이들을 보면서 '나도 해보고 싶다.', '배우고 싶다.' 이런 의욕이 생겼어. 밖에서는 전혀 생각해보지 않은 것들이었어. 어떤 아이는 어릴 때 배우다 그만둔 피아노를 이곳 밴드부에 들어가 반주를 하며 다시 재미를 느끼고, 또 어떤 아이는 뒤늦게 자신이 잘하는 것을 찾아서 그 부분에 대해 더 배웠어. 나도 옛날에 피아노를 잠깐 쳤던 적이 있어서 여기 친구를 보며 다시 치고 싶은 마음이 들었던 거야.

친구야!

문득 집을 나와 밖에서 살던 때의 나를 떠올리면 울컥 토할 것 같아. 조건 만남으로 남자를 만나 관계를 몇 번 할 것인지에 따라 가격을 정하고, 씻고 침대에 눕고, 끝내고선 일어나 앉아 긴 머리를 묶으며 '괜찮아. 아무렇지도 않아.' 했던 나. 내가 정말 아무렇지도 않았을까? 아니, 절대로 아니야. 아무렇지도 않다고 생각해야 계속 살아갈 수 있으니까 그렇게 생각하려고 했던 거야. 난 진짜 될 대로 돼라는 식으로 살았어. 그때의 내 모습을 떠올리면 지금도 너무 불쌍해서 그 기억을 지워버리고 싶어.

친구야!

이틀 전 일이야. 서툴게 피아노를 치고 있는데 선생님 한 분이 지나가면서 내 머리를 쓰다듬으며 이렇게 말하는 거야.

"피아노 치네? 참 예쁘다. 너희들은 이렇게 나이에 맞는 경험을 많이 해야 돼.

공부도 하고 피아노도 치고, 얼마나 예쁘니!"

선생님 말씀에 난 더 이상 건반을 누를 수가 없었어. 머릿속에 선생님 말씀이 메아리처럼 반복해서 들려왔어. '나이에 맞는 경험, 자기 나이에 맞는 경험…….'

친구야!

아무리 돈이 필요해도 자기 몸을 아프게 하는 일은 안 했으면 좋겠다. 자신이 얼마나 소중한 존재인지 친구들이 빨리 깨달았으면 좋겠어. 이 순간에도 밖에서 방황하고 있는 아이들을 생각하면 너무 마음이 아파. 우리는 엄마, 아빠에게 상처를 받는다고 생각하지만 내 몸을 함부로 대하는 것이야말로 가장 큰 상처라고 봐. 또 잊지 마. 쉽게 유혹에 빠져 망가질 수 있는 세상이라는 걸. 우리는 감조차 잡을 수 없을 정도로.

스테인드글라스(색유리화)

맑고 투명한 유리그릇이 깨졌다.

어느 날 작은 금이 가더니
걷잡을 수 없이 틈이 벌어지고
충격에 산산조각이 났다.

흩어진 파편들을 바라보며
절망스러워 울었다.
내 삶 같아서……

어느 날
한없이 부드럽고 따뜻한 손길이
그 조각들을 주워 모으더니
알록달록 아름다운 빛깔로 채색하여
유리화를 만드신다.
조각난 나를 사용하시어……
사람들의 마음에 감탄을 일으키는 아름다운 작품을!

소녀여!
세상의 빛나는 아름다운 존재로
다시 일어서렴.

깨어진 영혼의 파편들을 다시 모아
사랑으로 채색하고
용서로 이어 붙여
그대,
새롭게 태어나리니!

잘못을 인정했더니
새 인생이 시작됐다

"이제부터 내 멋대로 살 테니까 찾지 마요."

아버지한테 전화로 통보하고 난 뒤, 나는 석 달 동안 집에 들어가지 않았다. 학교에 흥미가 없는 건 물론이고, 부모님과 평소에도 소통이 되지 않았는데 억울한 누명까지 겹쳐 참을 수 없었다. 결국 난 밖으로 돌며 애들이랑 어울려 다녔다. 그러던 차에 한 선배가 나를 찍었다. 어떤 학교에나 공부하고는 거리가 멀고, 지각과 결석을 밥 먹듯 하면서 힘을 쓰는 선배가 꼭 있다. 그들이 후배들을 섭외하는 이유는 남들에게 자기 밑에 사람들이 많다는 걸 보여주고, 자랑하고 싶어서다. 또 그들은 새로운 사람을 끌어들여서 자기처럼 만들고 싶어 한다. 그래서 평소에 자기가 데리고 다니기 수월하고 잘 놀러 다닐 것 같은 아이를 눈여겨보았다가 직접 접근한다. 아니면 자기 패거리 후배들에게 "요새 친한 애 있냐?" 하고 물어보기도 한다. 난 그런 선배한테 소개된 케이스였다.

첫발을 들이면 안 되었는데, 돌아보면 그때 난 힘깨나 자랑하는 선배들이랑 어울리길 바랐다. 그러니 내가 미끼를 주고 여지를 보인 셈이다. 철없던 나는 선배한테 선택되었다는 뿌듯함에 신이 났다. 그 선배들은 전국구로 활동하고 있어서 나는 다른 지역 선배들도 알게 되었다. 그렇기 때문에 한번 조직에 들어가면 전학을 가도 빠져나오기가 힘들다.

그들은 후배가 새로 들어오면 처음에는 좀 잘해주다가 점점 부려먹기 시작한다. 또 선배 말에는 무조건 복종해야 하고 선배가 한 애를 왕따 시키면 나머지 후배들은 두려워서 방관만 하고 있어야 했다. 그들과 만나면 주로 PC방, 노래방, 당구장을 가거나 길거리를 돌아다닌다. 내 모든 행동은 그들에게 노출되어 개인 생활은 없다.

어디서든 선배가 전화로 "어, 여기 시낸데 놀러 올래?" 하면 100퍼센트 오라는 뜻이다. 거절이란 있을 수 없다. 나는 선배가 알려준 장소로 즉각 달려간다. 들어가면 먼저 깍듯이 인사를 한다. 함께 어울려 놀긴 하지만 사실 후배들은 노는 게 아니라 선배들의 들러리에 불과하다. 그들은 자기들이 놀고 싶을 때까지 웬만한 사정이 아니면 후배들을 절대 집에 보내주지 않는다. 사정이 있어서 가겠다고 말해도 가지 말라고 한마디 하면 무조건 복종해야 한다. 그러다 보면 자연히 담배와 술을 배우고 집에는 점점 들어가지 않게 된다.

한번은 선배를 피하려다 들킨 적이 있다. 다른 또래 친구들과 놀고 싶어서 집안에 일이 생겨 못 가겠다고 거짓말을 했다가 탄로 났다. 그래서 나 혼자만이 아니라 후배들까지 전부 단체로 욕을 먹고 얻어맞았다. 언제나 그랬다. 장소가 어디든 상관없이 선배는 후배들을 집단으로 때리고 욕을 했다.

"너, 한 번만 더 그러면 죽는다."

집을 나온 석 달 동안 나는 그들과 몰려다니며 흥미와 쾌락, 재미만을 추구하며 돌아다녔다. 그러던 어느 날 의문이 생겼다. '도대체 내가 뭘 하고 있는 거지? 지금은 재미있게 놀러 다니고 있지만, 나중에 나에게 남는 것은 뭘까?' 정작 나한테 좋을 게 하나도 없었다. 사실 나 말고도 이런 생활을 하는 대부분의 아이들은 이미 다 알고 있다. 애써 그 사실을 받아들이지 않고 계속 현실을 도피하며 다닐 뿐이다.

나는 선배들과 어울려 다니며 절도, 무면허 운전쯤은 아무것도 아닌 것처럼 저질렀고 보호관찰 대상자가 되었는데도 대수롭게 여기지 않았다.

"그까짓 거 필요 없어. 내가 무슨 큰 죄를 졌냐?" 하면서 보호관찰

등록을 하지 않고 계속 피해 다녔다. 그러다 구인장이 날아오고 법원에 가지 않을 수 없는 상황이 되었다. 재판을 받기 전까지는 너무나 초조했다. 법원이라는 곳 자체가 긴장을 안 하려 해도 긴장이 되었다. 어떤 사람들은 내가 소년원에 갈 거라고도 했고 또 어떤 사람들은 거기 갈 정도는 아니라고도 했다. 나는 5－6호를 처분받았다. 믿을지 모르겠지만 속이 정말 후련했다. 내 죄를 인정해서가 아니라 끝없이 질주하던 나의 비행이 여기서 멈춘다는 안도감 때문이었다. 재판이 끝나고 분류심사원으로 갔다. 나의 터닝 포인트는 여기서부터 시작되었다.

분류심사원을 간 건 처음이었는데 거기엔 이미 그곳이 익숙한 애들이 꽤 있었다. 그때까지도 나는 여기 며칠 있다가 곧 나갈 거라고 믿었다. 하루는 아이들이 돌아가면서 자기가 무슨 죄로 들어왔는지 말했는데, 그 죄들이 엄청났다. 폭행, 강간 같은 강력범죄는 물론이고 살인 미수로 들어온 아이도 있었다. 놀라웠다. 나는 내 잘못을 말하는 게 부끄러웠는데 그렇게 큰 죄를 별거 아닌 것처럼, 아니 심지어 자랑스럽게까지 얘기하다니! 전혀 죄의식이 없었다. 큰 충격을 받았다.

'사람이 한두 번 죄를 지을 때는 죄의식을 느끼다가도 나중에는 저렇게 되는구나. 계속 죄를 짓다 보면 나도 언젠가는 저렇게 될지도 모른다.' 머리가 온통 얼었다.

불현듯 중학교 1학년 때 일이 생각났다. 창석이란 친구가 있었는데 친하진 않고 그냥 아는 애였다. 어느 날 수업이 끝나고 핸드폰 가게를 갔는데, 거기서 창석이가 핸드폰 고리 하나를 슬쩍 주머니에 넣는 걸 보았다. 주인이 창석이한테 다가가서 말했다.

"주머니에 있는 거 꺼내볼래?"

가게 주인은 창석이가 아직 어리니까 혼 좀 내고 끝내려고 했는데 창석이는 계속 이건 내 것이다, 난 절대 훔치지 않았다고 우겼다. 결국 화가 난 주인은 부모님까지 불러서 창석이를 경찰서로 데리고 갔다.

만약 내가 지금 잘못을 인정하지 않으면 일은 더 커지고 저 아이들과 똑같이 될 것 같았다. 나는 그게 너무나 두려웠다. 내가 저지른 죄를 아이들 앞에서 가볍게 말한 게 창피했다. '내가 왜 그랬을까? 왜 그러고 살았을까? 부모님한테 내 심정을 솔직하게 말했으면 모든 게 잘 흘러갔을 텐데. 내가 마음을 닫음으로써 모든 게 다 잘못되었구나.' 뒤늦게 후회가 밀려왔다.

나는 지금부터 어떤 처분을 받더라도 불평하면 안 된다고 마음먹었다. 오히려 반성하면서 앞으로 어떻게 살아야 할지만 생각하기로 했다. 이번에도 집으로 돌아가 보호관찰만 받기엔 내 죗값으로 너무 가벼워 미리 마음을 비우고 기다리고 있었다. 분류심사원에서 지낸 지 한 달 반 정도 됐을 때 지금 머무르고 있는 센터에서 날 데리러 왔다. 선생님을 보자마자 "안녕하세요." 하고 반갑게 인사했더니 나처럼 해맑은 녀석은 처음이라고 했다. 그날, 대웅이라는 또래 친구가 선생님과 함께 왔다. 차 안에서 그 애랑 이런저런 얘길 나누었는데 모범적인 아이였다. 그때부터 나는 대웅이처럼 되는 게 목표였다. 나도 센터에 가면 아이들을 이끌 만한 모범적인 사람이 되고 싶었다.

센터 아이들 중에는 자기가 세상에서 제일 힘들다고 생각하는 애들이 많다. 며칠 전에는 이탈 미수 사건이 있었다. 네 명이 계획을 하고 화장실에 숨어 있다 발각되었다. 그날 밤 '또래 법정'이 열렸다. '또래 길잡이'라고도 하는데 사고를 친 네 명과 선생님 한 분, 그리고 나를 포함하여 도움말을 줄 수 있는 아이들 네 명이 참석했다. 이탈을 계획한 아이들 얘길 들어보니 하나같이 사는 게 힘들고 단체 생활이 너무 힘들어서 그랬단다. 또 내가 잘못한 게 아니라 어쩔 수 없었다고 한다. 자기 위안을 하고 싶은 것이다. 아이들의 마음은 나도 잘 이해한다. 한때 나도 그랬으니까.

그러나 그들의 핑계는 아직도 현실을 도피하고 있는 것에 불과하다. 하지만 그런 식으로 이야기하다가 차차 변하는 아이도 있고 그렇지 않은 애도 있다. 변화가 있는 아이는 "내가 잘못 생각했던 거예요. 제 잘못이에요." 한다. 그러나 어떤 아이들은 여기에 있느니 차라리 소년원에 가겠다고 말한다. 말도 안 되는 소리를 하고 있는 거다. 그 아이는 아직도 자기 잘못을 인정하지 못할 뿐 아니라 자유의 중요성도 깨닫지 못하고 있는 것이다.

친구야! 안녕?

그러고 보니 내 이름을 밝히지 않았네? 난 기웅이야. 김기웅! 학교는 고등학교 2학년까지 다녔어. 지금까지 내 얘기 잘 들어줘서 고마워. 이제부터는 내가 센터에 들어와서 어떻게 살고 있는지 몇 가지만 전해줄게.

친구야!

난 여기서 항상 긍정적으로 생각하며 살고 있어. 여기 센터에는 몇 단계 지위가 있는데, 처음 입소하면 '열매'야. 이때는 적응 기간이라 자유 시간을 많이 줘. 하지만 난 처음부터 앞으로 열심히 살기로 마음먹고 왔기 때문에 아무것도 안 하면서 TV만 보는 시간이 너무 아까웠어. 그래서 무엇을 하면 좋을지 고민하다 옆에 있는 세탁방으로 갔어. 안을 들여다보며 "이모님 도와드릴 일 없나요?" 하고 물었어. 여기서는 봉사하는 어머니들을 이모라고 불러. 그날부터 나는 세탁방에서 빨래를 널고, 나르고, 창고에 가서 옷을 정리하는 일도 했어. 외부 일은 '열매' 때는 하면 안 되는데 특별히 허락해주었어. 내가 신뢰를 받고 있다는 생각에 참 뿌듯했어. 또 '열매'로서는 처음으로 세탁방을 담당하게 되었어. TV만 보고 가만히 있기가 싫어 이모들을 도왔던 건데 그게 나한테 다 이득이 되었던 거야. 난 책임을 진 만큼 잘해야 되겠다 싶어서 더욱 열심히 했어.

이런 일도 있었어. 여기 온 지 두 달쯤 되었을 때야. 새로 입소한 두 명이 이탈 계획을 짰다고 나한테 가만히 말하는 거야.

"형, 아무한테도 얘기하지 마. 나 오늘 이탈할 거야."

이탈이란 아직도 자기 처지를 모르는 행동이야. 여기에 오면 자기 죄를 까먹어. 6개월은 법적으로 잘 살아야 하는데도 불구하고 그걸 잊고선 여기서 살기 싫다는 식이야. 어떻게 해서든 이탈하겠다는 아이들의 마음을 돌려보려 했지만 내가 아무리 설득해도 말릴 수가 없었어. 나는 안 되겠다 판단하고선 선생님한테 갔어. 이탈을 모의하고 있으니 선생님께서 자연스럽게 처리해줬으면 좋겠다고 말씀드렸어. 예정대로라면 그날 저녁에 모두 운동장에 나가 축구를 하려 했지만, 일정을 변경해서 새로 입소한 아이들은 운동장에 나가지 않고 컴퓨터를 하게 해서 이탈을 막았어. 그 아이들은 그때 실패한 뒤로 다시는 이탈을 하지 않았어.

친구야!

난 센터에서 아이들의 고민을 들어주고 있어. 여기서 나가고 싶다는 아이들에게 이렇게 말해줘. "이 6개월이 길게 느껴지겠지만 너희가 잘못을 인정하고, 할 수 있는 일을 열심히 하다 보면 그 시간은 한 시간보다 더 짧게 느껴질 수 있어. 하지만 잘못을 인정하지 않으면 6개월이 20년보다 더 길게 느껴질 거야. 이곳에서 할 수 있는 일을 생각해보고 노력하려는 의지를 보이면 좋을 것 같다."

아 참, 친구야!

한 가지 알려줄 게 있어. 만약에 말이야, 현재 집단에 들어가 있는데 조금이라도 나오고 싶어 망설이고 있다면, 그들과 자연스럽게 멀어져야 돼. 거짓말로 핑계 대지 말고 가족들이랑 어딜 간다든지, 어쩔 수 없는 사정을 만들어서 선배들이 불러도 나갈 수 없는 선약을 미리 만드는 거야. "내 의도가 아니라 가족들이 가자고 하는데 어떻게 하냐?" 이러면 그들도 협박할 수가 없고, 저절로 멀어지게 돼. 그러면 '얘는 별 볼일 없구나.' 하면서 차차 신경을 안 쓰게 돼. 그들은 자주 보는 애만 불러내게 되어 있어.

친구야!

나의 터닝 포인트는 잘못을 인정한 거야. 그리고 지금은 확실한 꿈이 생겼어. 중학교 때 공부방에서 만난 복지사 선생님이 있는데 그분은 일을 하면서 굉장히 행복해하셨어. 그때부터 나도 사회복지사가 되는 게 꿈이 되었고 정말로 그 직업이 나한테 맞을 것 같아. 이곳에서 아이들을 도와주면서 그 꿈이 더 굳어졌어.

서로 기대어 피는 꽃들!

언제나 새로운 시작의 출발점은
'아, 내가 실수했구나! 내 잘못이야. 미안해.'
자신의 잘못을 인정하는 아름다운 용기

우리는,
누구나 실수하고 넘어지는 작은 사람들
사랑과 용서가 필요한
서로 기대어 피는 꽃들!

누군가의 이해와 배려 속에 살아갈 수 있음에
감사하는 사람들

오늘 넘어져도
다시 툴툴 털고 일어나
내일을 향해 걸어가는 겸손한 용기를 지닌 사람들

진정한 용기는

나의 그늘을 인정하고,

내미는 너의 손 꼭 잡고 일어나,

또다시 걸어가는 한 걸음에 있음을 아는 사람들!

괴팍하게 굴지 말고
네 진심을 보여줘

미지는 결국 갔다. 퇴소한 게 아니라 다른 기관으로 간 거다. 미지는 내가 센터에서 가족보다 더 의지하고 지낸 유일한 친구다. 그래서 지금 '멘붕' 상태다. 미지가 일으킨 마지막 사건은 강화도 수련회에서 터졌다. 1박 2일 동안 부모님과 함께 지내려고 간 건데, 시작하기도 전에 일이 났다.

나와 미지는 수련회 장소 근처에 있는 흔들다리를 왔다 갔다 하면서 놀고 있었다. 그때 소라 언니가 다리 끝에 서서 막 건너오려던 참이었다. 그 사실을 모르고 미지는 다리 중간에서 뜀뛰기를 했다.

"아, 씨발."

소라 언니였다. 미지는 누가 뒤에 있는 걸 알아채고 돌아봤다.

"어? 몰랐어요, 언니."

미지는 처음엔 좋게 대응했다. 하지만 언니는 오히려 더 심한 욕을 해댔다. 보통 이런 상황에서 난 세 번은 참는다. 미안하다, 또 미안하다, 또 미안하다고 했는데도 계속 그러면 더 이상 참지 못하고 그 순간은 언니고 엄마고 그 어떤 어른이고 상관없이 행동해버린다. 그날 미지도 그랬다. 처음에는 "몰랐어요, 몰랐잖아요." 하고 좋게 나갔는데 소라 언니의 "어린 년이 어디서 좆만한 년이……." 하는 말에 끝을 본 거다.

미지는 평소에도 작은 키와 센터 안에서 나이가 어린 축에 속하는 게 콤플렉스였다. 누가 달래볼 겨를도 없이 미지는 순식간에 소라 언니에게 욕을 하면서 덤볐다. 나는 기습적으로 달려가 미지의 몸을 부둥켜안았다. 잔뜩 흥분해서 눈에 보이는 게 없었던 미지는 두 손으로 내 머리채를 잡아 뜯었다. 이때 한 수녀님이 달려와 우리 둘을 떼어놓으려 끼어들었다. 미지는 수녀님까지 발로 차고 욕을 했다. 주변에는 다른 여러 아이들과 그날 어렵게 시간을 내어 참석한 부모님들이 그 모습을 괴롭게 지켜보고 있었다.

미지의 모습은 마치 나를 보는 것 같았다. 집에서 내가 엄마한테 한 행동이 꼭 그랬으니까. 나는 집에서뿐만 아니라 센터에서도 엄마랑 싸웠다. 고입 검정고시에 합격한 뒤 고등학교를 알아보면서 어디로 가는 게 좋을지 고민하고 있을 때였다. 마침 면회를 온 엄마랑 의

논하고 싶어서 얘기를 했더니 엄마는 계속 자기 생각만 말하는 게 아닌가. 마치 엄마가 정해준 대로 살라는 것 같았다. 그래서 나는 말끝에 "나도 계획 짤 줄 알고, 머리가 있고 생각이 있는데 내가 왜 엄마 계획대로 살아야 해요?" 하고 대꾸했다. 엄마는 발끈하여 의자에서 일어나며 말했다.

"그럼 옛날처럼 네 마음대로 하고 살아. 나도 여태까지 너를 달래도 봤고, 화도 내봤고, 때리기도 했는데 너는 어떻게 해도 안 됐어. 알아?"

나는 나를 잘 안다. 이럴수록 더 세게 나간다는 것을. 나도 벌떡 일어나 맞은편에 서 있는 엄마에게 덤볐다.

"엄마, 나 알지? 엄마가 세게 나오면 내가 약해진 적 있어? 있었냐고?"

엄마는 계속 말을 돌리고 내 말꼬리를 물고 늘어지다 "싸가지 없는 년." 하면서 면회실을 나갔다. 나도 여기서 딱 터졌다.

"내가 왜 싸가지 없는 년이란 욕을 먹어야 해? 왜? 왜? 필요 없어! 다 꺼져버려."

면회 온 다른 가족들이 모두 우리 쪽을 쳐다봤다.

얼마 전 퇴소한 경아는 나랑 가정 환경이 비슷했다. 경아네 집은 부유했다. 부모님은 외동딸인 경아를 미국으로 유학 보내려고 했었다. 경아네 부모님은 면회를 올 때면 햄버거와 피자를 잔뜩 사 들고 온다. 그러면 경아는 아이들 사이에서 기고만장했고, 그런 것으로 아이들한테 힘을 썼다. 우리 집도 경아네 못지않게 잘산다. 아빠는 회사에서 고위직에 있고 엄마는 얼마 전 집에서 키우는 강아지 패션에 이백만 원을 투자했단다. 나에게도 투자를 했다. 하지만 강아지한테처럼 사랑과 관심을 보인 게 아니라 고집부리면 귀찮아서 들어주는 걸로만 느껴졌다.

나는 행동도 기분에 따라 싫으면 안 하고, 하고 싶은 것은 무슨 수를 써서라도 저지른다. 그런데도 미지처럼 센터에서 쫓겨나지 않는 건 폭력은 쓰지 않아서다. 대신 개기는 걸로 선생님들과 수녀님들의 진을 뺀다. 정규 수업에 들어가기 싫으면 "기분이 안 좋아서 못 들어가겠는데요?" 하고 버텼다. 중간에 들어갈 경우에도 "미안합니다, 죄송합니다."는 말도 안 하고 내 자리에 앉는다. 그리고 바로 잔다. 선생님이 "영주, 일어나세요." 해도 꼼짝 안 한다. 어느 날은 선생님이 "영주, 계속 그렇게 자려면 밖에 나가서 주무십시오." 해서 바로 교실에서 나가기도 했다.

하루는 선생님께서 "너 옛날에도 그랬니?" 하고 물었다. 맞다, 나는 어렸을 때부터 그랬다. 아무도 날 안 잡아줬다. 날 제재해줄 사람이 없었다. 그래서 누군가가 나에게 지적하면 "그래서 어쩌라고요. 어렸을 때부터 그랬는데 어떻게 하루아침에 고쳐요?" 하고 덤빈다.

머리 묶는 것과 같은 규칙을 지키지 않으면 센터에서는 땅콩이란 걸 주는데 그게 많으면 지위가 오르지 않는다. 난 퇴소가 얼마 남지 않았는데도 지위가 처음 입소 때처럼 그대로다. 다른 아이들은 땅콩을 받지 않으려고 노력하지만 난 개의치 않았다.

센터에는 만화를 비롯하여 책이 많다. 난 만화책을 무지 좋아한다. 그런데 며칠 전 선생님이 너무 선정적이라고 판단한 만화들을 수거해갔다. 나는 내 유일한 재미가 이건데, 우리도 알 것 다 알고 별의별 나쁜 짓 다 하고 왔는데 왜 없애냐면서 반항하고 난리를 쳤다. 미지마저 떠난 후라 나는 슬럼프에 빠진 채 수업도 아예 들어가지 않고 밥도 먹는 둥 마는 둥 하면서 지냈다. 제멋대로인 나를 센터의 친구들도 별로 좋아하지 않는다는 걸 나도 알고 있다.

나의 담임은 요즘 눈에 띄게 나와 거리를 두고 있다. 얼마 전까지는 내가 조금만 잘해도 칭찬을 아끼지 않았고 따로 불러 먹을 것도 챙겨주셨는데 이젠 그것도 없다. 그 일이 있은 후부터다. 센터에는 외부에서 학습 봉사자들이 많이 온다. 그날 담임과 봉사 선생님이 '나눔터'에서 만나고 있었다. 난 그걸 알고도 들어가고 싶은 충동이 일었다. 그래서 내가 하고 싶은 대로 행동해버렸다. 노크도 없이 문을 탁 열었더니 두 분이 깜짝 놀라 나를 쳐다봤다. 난 무조건 안으로 들어가 탁자 위에 놓인 과자를 손가락으로 가리키며 먹고 싶다고 했다.

"영주야, 이거 선생님 드리려고 가져온 거야."

"내가 먹고 싶단 말이에요."

난 과자를 한 움큼 집어서 나와버렸다. 그 후로 담임은 나에게 할 말만 한다. 어떻게든 나에게 희망을 걸었는데 이젠 안 되겠다 싶어 포기한 것 같다. 이런 식으로 지내다가는 나도 미지처럼 센터에 남아 있기 어렵다는 것을 머리로는 골백번 아는데 몸이 따라주지 않는다. 자포자기와 불안이 되풀이되던 어느 날 그분이 나를 찾아왔다.

친구야!

날 찾아온 분은 내가 사는 센터 위쪽 수녀원 건물에 사는 분이었어. "네가 영주 맞니?" 하면서 반가운 눈빛으로 물었어. 하지만 난 귀찮다는 표정으로 퉁명스럽게 대꾸했어. "어떻게 날 아세요?" 그랬더니 내가 센터 입소한 지 며칠 안 됐을 때 갔던 주일미사에서 나를 보셨대. 그날 미사 중에 아이들을 빙 둘러보는데 그 중 내가 눈에 들어오더라는 거야. 미사 시간이 지겨워서 온몸을 비비 꼬면서도 앞좌석에 앉은 수녀님께 자기 방석을 빼서 드리더래. 수녀님이 괜찮다고 손사래 쳐도 계속 내가 방석을 내밀더래. '저 아이, 참 기본이 된 아이구나. 언제 한번 만나야지.' 하고선 이름을 알아놓고 오늘 찾아오셨다고 했어. 내가 "여자들은 차가운 데 앉으면 안 좋잖아요. 저는 어리니까 방석이 없어도 괜찮아서 드린 것뿐이에요." 했더니 수녀님은 그 생각이 기특하다고 하셨어. 난 그 칭찬이 어색해서 어깨를 으쓱했어. 미지 생각이 끊이지 않아 마음이 복잡했거든. 또 승희가 해줬던 충고도 생각나고 말이야. 승희 말대로라면 난 미지에게 도움이 되질 못했어.

친구야!

미지가 분노할 때마다 옆에서 말리는 나에게 승희는 자꾸 그러지 말고 그냥 내버려두라고 했어. 승희는 사람들은 화를 낼 때 옆에서 관심을 가지면 자신을 이해해주는 것 같고 자기 마음을 헤아려주는 것 같다고 느껴서 더 던지고 소리를 지른대. 또 잘못이 반반 똑같은데도 오히려 내가 크게 화를 내면 상대방이 순간 위축되어서 사과를 하는 경우도 있대. 그러면 화를 낸 쪽은 잘못이 없고 화낼 자격이 있다고까지 생각한대. 그래서 가만히 두면 자기 혼자 계속 화를 내는 게 창피할 수밖에 없대. 승희 성질도 대단해. 만약 자기가 성질을 내면 절대 말리지 말고 그대로 두라고 했어.

난 미지를 진심으로 사랑하고 아꼈어. 그런데 다 받아주는 것만이 좋은 건 아니었어. 미지에게 도움을 주지 못해서 마음이 아파. 난 미지가 착하다고 생각하는데 아무도 공감하지 않았어. 아이들은 화를 잘 내는 미지랑 있으면 자기들도 짜증이 난대. 나도 경험한 적이 있어. 미지를 말리다가 나도 모르게 같이 욕하고 말투가 좋게 나가지 않았어. 분노의 감정은 옆에 있는 사람에게까지 전달되는 것 같아.

친구야!

수녀님은 미지에 대해서도 얘기해주셨어. 여기서 내보내는 건 미워서가 아니라 폭력을 쓰는 아이는 센터 어른들이 다룰 수 있는 능력이 안 되어서 보낸 거라고 했어. 미지를 묶어놓을 수도 없을뿐더러, 절대 그렇게 해서도 안 된다고 말이야. 나는 할 말이 없었어. 그러면서 수녀님은 대충 나에 대해 들었다면서 참으로 안타깝다고 하셨어. 너의 좋은 점을 발견하고 이렇게 만나러 왔는데, 행동을 그렇게 하면 네 안에 좋은 점이 아무리 많아도 누가 널 알아주고 이해해주겠느냐고 말이야.

친구야!

센터의 한 선생님이 수녀님께 나에 대한 얘길 하나 해주셨대.

"영주에게 감동받은 적이 있어요. 미지가 센터 안에서 난리법석을 치면 그때마다 영주가 말리는 걸 보면서 '어떻게 저렇게 할 수 있지?', '어떻게 저런 인내를 발휘할 수 있을까.' 생각이 들 정도로 대단해요. 영주는 미지가 떠난 후부터 매일 밤 기도실에서 기도를 해요. 그리고 마지막까지 혼자 남아 기도실을 청소하는 걸 봤어요. 틀림없이 미지를 위해서 했을 거예요. 그런데 평상시에는 완전히 다른 행동을 하니 영주의 좋은 점을 사람들이 어떻게 알겠어요?"

친구야!

수녀님은 나에게 다른 사람들이 나를 오해하게끔 행동하지 않았으면 좋겠다고 부탁했어. 나의 좋은 점이 가려지지 않도록 현명하게 살라고 말이야. 엄마에게도 아무리 여러 번 참았다고 한들 결국 엄마랑 똑같은 방법으로 엄마를 욕하고 때린다면 누구나 날 패륜아로 취급한다고 했어. 엄마가 그런다고 해서 나도 똑같이 하면 할수록 나만 망가진다고.

친구야!

난 요즘 그 수녀님을 매일 만나고 있어. 하루하루 그날의 생활을 노트에 간단히 기록하여 보여드리는데 그걸 보곤 더 놀라워하셨어.

"이 노트에 적힌 것 좀 봐라. 솔직히 평소 영주 네 모습과 매치가 안 된다. 네 행동으로 보면 노트도 몇 줄 쓰다 찢거나 뒷장으로 넘길 것 같은데 이렇게 꼼꼼하고, 문장력도 뛰어나구나."

친구야!

난 수녀님의 마지막 말을 기억해.

"영주 넌 엄마랑 싸우면 힘으로는 이길 거 같아서 덤빈다고 했지? 맞아, 넌 힘으로는 이겼어. 하지만 속으로는 아이처럼 떨고 있었어. '엄마, 난 아직 어려요. 그러니까 나한테 잘해주세요. 엄마한테 관심 받고 싶어요. 날 내치지 마세요.'라고 말이야. 지금도 넌 '나도 미지처럼 여기서 쫓겨나면 어쩌지?' 하면서 떨고 있어. 영주야, 일부러 오해받을 행동하지 마. 사람들은 그럴수록 괴팍한 너에게서 멀어져갈 뿐이야."

솔직히 그때 난 창피하고 뜨끔했어. 친구야, 너도 그렇게 생각하니?

'사랑'과 '이해'의 날개를 달고!

그늘 넓은 푸른 나무를 그리며
자신의 넓은 품을 표현하던 너

아무도 없는 기도방에 앉아
친구를 위해 간절히 기도하던 너

모두가 싫다고 외면하던 곳을
선뜻 나서서 팔을 걷어붙이고 청소하던 너

선생님을 '엄마'라 부르며
가슴 밑바닥부터 차오르는 그리움으로 사랑을 찾던 너

기도와 사랑만이 사람을 성장시킬 수 있음을 깨닫습니다.
아이들의 모든 몸부림은
사랑받고 싶고, 이해받고 싶다는 외침임을 저희가 알아듣게 하소서.
행동 너머에 마음을 바라보고
세상에 여린 가슴들을 품어 안게 하소서!

인생의 비를
조금 일찍 맞았을 뿐

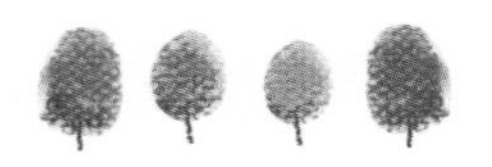

'가정위탁 지원센터' 홈페이지에 들어가면 '위탁가정'에 대해 이렇게 설명하고 있다.

아동이 가정 내외의 여러 가지 요인으로 인해 친 가정에서 양육될 수 없을 때, 아동이 건강하게 성장할 수 있도록 친 가정의 역할을 대신해서 일정 기간 동안 아동을 보호 · 양육하는 가정을 말한다.

또 위탁가정 선정 기준에는 아래와 같은 점이 분명히 들어가 있다.

- 위탁 아동을 돌봄에 현저한 장애 및 건강상의 질병이 없을 것
- 위탁받고자 하는 자 및 그 가족에게 범죄, 가정 폭력, 아동 학대,

나는 세 살 때부터 위탁가정에서 살았다. 부모가 나를 키울 능력이 안 되어 같이 살지 못했기 때문이다. 그래도 처음에는 엄마가 가끔씩 찾아와서 괜찮았다. 그런데 초등학교 때부터 엄마가 오지 않았다. 어느 날 아줌마가 말했다.

"진아야, 엄마랑 연락이 안 되네. 걱정하지 마. 네가 잘 살면 여기서 오랫동안 살 수 있어."

엄마를 볼 수 없다는 사실이 슬펐지만, 한편으로는 '그래도 여기서 오래 살 수 있으니 다행이다.' 싶었다.

그 집 아줌마와 아저씨는 50대였다. 위탁된 아이들은 나 말고도 두 명이 더 있었는데 나는 동생들을 돌보느라 등교를 하지 못하는 날이 많았다. 밥은 항상 위탁 아이들 따로, 그 가족들 따로 먹었다. 나는 아줌마, 아저씨도 자기 아이들을 더 좋아하겠거니 생각했기에 괜찮았다.

어느덧 4학년이 되었다. 그날은 수련회 가기 전날이었다. 자고 있는데 아저씨가 갑자기 빨리 나오라고 불렀다. '무슨 일이지?' 하고 나가봤더니 아저씨가 아이들을 씻기고 있었다. 아저씨는 이제 내가 씻을 차례라고 했다. 나는 내가 알아서 씻겠다고 말했는데 아저씨가 안 된다고 했다. 그래서 '때를 벗겨주려고 그러나?' 했는데 아니었다. 당한 것이다. 나는 눈을 뜰 수 없었다. '이게 뭐지?' 세상이 온통 깜깜했다. 까만 세상에 나 혼자 있는 것만 같았다. 욕탕에서 나와 방으로 뛰어가 숨죽여 울었다. 울음소리가 들릴까봐 농 안에 숨어서 울었다.

그 후로도 아저씨의 괴롭힘은 계속되었다. 그때마다 나는 울면서 제발 하지 말라고, 잘못했다고, 정말 잘못했다고 빌었다. 그럼에도 아저씨는 나를 때려가면서 했다. 나는 결국 견딜 수 없어서 나중에야 아줌마에게 이 사실을 말했다. 그랬더니 아줌마는 자기도 아저씨에게 많이 맞고 살았다면서 비밀을 말하듯 힘주어 속삭였다.

"이걸 말하면 넌 여기서도 못 살고 밖에서도 못 살아."

그러면서 아무에게도 절대 말하지 말라고 했다. 어린 나는 그 집에서 쫓겨나면 못 살 줄 알고 비밀을 간직한 채 그냥 묵묵히 살았다.

꿈속에서 나는 울면서 두 팔을 벌리고 달려가고 있다. 어느 날은 비가 내리는 도로 위를, 어떤 날은 눈 내리는 허허벌판을 맨발로 발가벗은 채 울면서 달려가고 있다. 그러나 아무도 없다. 옆에도, 앞에도, 뒤에도, 그 누구도 없는 까만 밤. 꺼억꺼억 크게 소리 내어 울어도 꿈속에서조차 내 울음소리는 밖으로 나가지 않았다.

초등학교 5학년 때는 머리를 맞아서 병원에 입원한 적도 있다. 아저씨가 들어올까봐 방문을 잠그려다 테니스 채를 들고 들어오는 아저씨에게 머리를 맞았다. 나는 그 자리에서 쓰러졌다. 의사가 왜 이렇게 다쳤냐고 묻자 아저씨는 내가 혼자 장난을 치다 모서리에 찧었다고 말했다. 기가 막혀 막 울었다. 그 당시 나는 음식이 넘어가지 않아 키 150센티미터에 몸무게는 30킬로그램이었다. 심한 빈혈로 걸어 다닐 힘도 없어 누워 지낼 때가 많았다.

중학교에 올라가니 집에서 할 일이 더 많아졌다. 나는 그 집의 하녀였다. 아이들 보랴, 설거지하랴……. 아저씨에게 거부하면 맞고, 담뱃불로 지짐을 당했다. 나는 당할 때마다 계속 울었다. 아저씨는 이제는 억지로 하지 않겠다고 했다. 그러더니 며칠 후 자기 집에 곧 새로운 아이들이 온다며 나에게 자기 아들네 집으로 가라고 했다. 아저씨 아들은 결혼해서 두 아이를 두고 있었다. 그런데 그 집에 보내지고 난 뒤에는 아들이 나에게 손을 대기 시작했다. 그는 수시로 나를 자기 차 안으로 끌고 갔다. 나는 너무 수치스럽고 내 자신이 한없이 불쌍하게 느껴졌다. 그 사람 차와 같은 흰색 차를 보면 지금도 무서워서 도망친다.

중학교 2학년 말 즈음이었다. 정말 참기 힘든 어느 날, 나는 담임 선생님을 찾았다.

"선생님, 이제 더는 못 참겠어요."

"무슨 일인데? 무슨 일 있었니?"

담임 선생님은 남자였다.

"선생님한테 얘기하기는 좀, 그래요. 상담 선생님께 얘기할래요."

모든 사실을 전해들은 담임 선생님은 분노하며 그런 일이 있었는데도 왜 빠져나오지 못했느냐고 울면서 물었다.

"내가 미안하다……. 내가 몰랐다."

"아니에요. 제가 말씀을 못 드렸을 뿐이에요."

선생님은 즉시 경찰에 신고했다. 재판이 열렸다. 국민 참여 재판이었는데 나에게는 증거가 별로 없었다. 나는 그때까지 생리를 하지 않아 임신을 한 적도 없었다. 법원에서 아저씨는 철저히 거짓말을 했다. 웃옷을 걷어 올려 허리 보호대를 보여주면서 자기는 허리 수술을 해서 그런 짓을 못한다고 큰소리쳤다. 아줌마는 너무 억울하다고, 이제까지 키워줬더니 그 공도 모르냐며 나를 향해 쌍욕을 하고 내 머리끄덩이를 잡으려고 달려들었다. 그 아들도 똑같았다. 나는 큰 충격을 받았다. '아, 어른들이 저럴 수가…….' 내가 이런 수치감을 느끼면서 어떻게 그런 거짓말을 할 수 있겠는가. '있었던 일을 솔직하게 말할 뿐인데 왜 내가 욕을 먹고 있어야 할까.' 나는 너무 힘이 들어서 영상 재판을 보겠다고 했다. 마지막 변론 때 나는 이렇게 말했다.

"지금 제가 거짓말을 하고 있다면, 제 자신이 부끄러울 거예요. 그리고 이런 일을 누가 거짓말을 하겠어요……. 저는 그동안 제가 당한 만큼 이 사람들이 벌을 받았으면 좋겠어요."

내 말이 끝나자마자 부부는 나한테 악을 쓰며 말했다.

"두고 보자. 내가 징역 살고 나가면 너는 죽었어."

나도 가만히 있지 않았다. 그들을 향해 똑똑히 말했다.

"나를 죽일 수 있으면 죽여도 상관없어요. 그러나 벌 받을 것은 똑똑히 받았으면 좋겠어요."

그때는 정말 하고 싶은 말이 너무 많았다. 그동안 내가 살았던 '위탁가정'은 선정 기준에서 한참을 벗어난, 한마디로 악몽의 집이었다. 그럼에도 그들은 나를 돌봐준다는 대가로 매달 국가 지원금을 받았다.

친구야!

그 후 난 위탁가정을 떠나 아동복지 시설에서 살게 되었어. 그때가 중학교 3학년이었어. 고등학교에 진학한 뒤에는 친구 집에서 살았어. 친구네 집은 아빠가 안 계셨어. 그래서 들어간 거야. 거기서도 나는 예전처럼 학교를 잘 다녔고 성적도 좋았어. 난 모든 스트레스를 공부로 풀었어. '난 할 수 있어. 한 개라도 더 맞을 수 있어.' 하면서 지칠 때도 더 공부에 집중했어. 나한테는 공부가 비타민, 사탕 같은 거였어. 무엇보다 그 사람들한테서 벗어나려고 더 악착같이 공부했어. 중학교, 고등학교 내내 장학금도 받았어.

하루는 공부를 하고 있는데 갑자기 전등이 꺼진 거야. 한참을 기다려도 불이 안 들어왔어. 그래서 오늘은 그만하고 일찍 자야겠다 싶었는데 문득 '내가 공부를 계속하면 무엇을 얻을 수 있을까?' 하는 생각이 들더라. 그날 난 목표를 세웠어. 내가 잘돼서 엄마한테 보여주자. 유명한 사람이 되어 엄마가 내 이름을 알게 하자. 나중에 가족증명서를 떼어봤는데 엄마가 제주도에 살고 있는 것으로 확인됐어. 하지만 난 지금 엄마를 찾지는 않을 거야. 성인이 되면 당당한 모습으로 엄마를 찾아갈 거야. 난 엄마를 원망하지 않아. 엄마도 그럴 만한 사정이 있어서 나를 끝까지 못 키웠을 거라고 생각해.

난 달마다 계획을 세우고 살았어. 여기 센터에 오고 첫 한 달 목표는 '항상 밝고 긍정적으로 살자.'였어. 이번 달 목표는 '감사의 달'로 선생님들께 편지 쓰기야.

친구야!

그런데 내가 왜 여기 센터에 들어왔는지 궁금하지? 계속 친구 집에서 살 수는 없을 것 같아 돈을 벌기 위해 음식점 알바를 했어. 난 친구 집에서 그냥 신세만 지지 않았어. 내 몫으로 나오는 기초생활 보조금과 아르바이트를 해서 번 돈으로 생활비도 보태고, 내 용돈은 스스로 해결했어. 그런데 하루는 알바 음식점에서 청소년인 줄 모르고 술을 팔다가 청소년보호법에 걸린 거야. 그들에게 술을 건네준 나도 함께 말이야. 판사님은 나에게 "부모님이 계셨다면 진아는 1호를 받아 집으로 갈 수 있었을 거다. 하지만 너의 현실이 그렇지 못하니 보호처분을 줄게. 너를 센터로 보내는 나를 싫어하지 않았으면 좋겠다." 말씀하시며 마음 아파하셨어.

센터에 올 때 나는 너무 억울했어. '학교만은 다니려고 정말 많이 참고, 열심히 살았는데, 큰 잘못을 한 것도 아닌데 내가 왜?' 하면서 말이야. 그때까지만 해도 난 센터가 감옥이라고 생각했거든.

친구야!

나만 비참한 심정, 세상에 홀로 남겨진 것 같은 외로움과 슬픔, 난 너의 그 심정 충분히 공감해. 환경 탓, 원망도 하지 않았다면 거짓말이야. 나도 세상에서 내가 제일 불쌍하다고 생각했어. 그래서 어느 순간부터는 웃지도 울지도 못했어.

친구야, 그 아저씨가 나를 괴롭힐 때마다 늘 하던 말이 있어.

"부모도 없는 주제에, 부모도 없는 주제에, 주제에……."

하도 그러니까 나도 모르게 '그래, 내 주제는 이 정도야.' 하면서 기가 죽었어. 부모가 없는 것도 내 잘못인 것 같았어. 그래서 아저씨에게 당하면서도 잘못했다고 빌고, 그 일을 더 숨기면서 사람들을 피해 다녔어. 이 세상엔 나 혼자라고 생각하면서. 하지만 이젠 아니야. 센터에서 진심으로 내 편이 되어주는 어른들을 만났으니까.

"진아야, 세상에는 좋은 어른이 더 많단다. 그러니 무서워할 거 없어. 두려워하지도 마. 이젠 그 나쁜 사람들이 너를 절대 건들지 못해. 죄 지으면 벌 받게 되어 있어."

친구야, 난 이제 알았어. 나는 혼자가 아니고, 죄 짓지 않고 바르게 사는 게 이기는 거라는 걸. 그래서 난 징역 살고 나오면 죽여버리겠다고 협박했던 그 사람들에게 지지 않을 거야.

나를 닮은 친구야!

네가 지금 내 곁에 있다면, 진심으로 널 껴안아주며 말하고 싶어. 여기까지 견

며온 네가 정말 장하다고. 이 말은 진짜 내 자신에게 해주고 싶은 말이기도 해.
마지막으로 너에게 또 해줄 말이 있어. 나를 센터로 보내신 판사님들은 정기적으로 센터에 오셔서 아이들과 함께 식사를 하기도 해. 그때 우리들에게 해준 말씀이야. 자, 들어봐.

"인간은 모두 다 한 번씩 인생에서 비를 맞습니다. 그 비를 여러분은 10대 때 맞았습니다. 10대 때 맞았으니까 20대, 30대를 준비할 수 있습니다. 비는 누구나 맞을 수 있는데 '아, 나는 비를 빨리 맞았구나. 그러니 앞으로 내 인생을 잘 준비해야 되겠다.' 생각하면 됩니다. 여기 온 것에 대해 부정적으로 생각하지 말고, 희망을 가지고 20대, 30대를 대비한다면 다른 사람보다 훨씬 더 멋지게 살 수 있다고 생각합니다."

친구야, 나를 봐. 나, 울고 있지 않지?

함께 비를 맞아줄게!

쏴아— 쏴아—
소낙비가 내린다.
예상치 못한 순간에 비를 맞고
온몸이 젖어 가슴까지 시린 인생

춥고, 떨리고, 무섭고 슬펐던 순간
비가 그치고
이제 햇살도 따사로이 비추이고
바람도 살랑살랑 불어
젖은 마음이 뽀송뽀송해진다.

이 세상 어느 외진 곳에서
홀로 비를 맞으며 젖어 있는 영혼들에게 씌워줄
마음의 우산 하나 챙겨
길을 나설 용기를 지니자.

같이 아파하고

서로의 우산이 되어 위로해주자.

오늘은 비가 내리지만
내일은 햇빛 찬란하리니!

무슨 짓을 다 해도
죄만은 절대

분류심사원은 법원 차를 타고 간다. 도착하면 수갑을 찬 채 교육장 의자에 앉아 있다가 야매 문신이 있느냐는 질문에 대답한 후 사무실 쪽으로 옮겨진다. 여기서 옷을 벗고 키, 몸무게, 피, 혈압, 시력 검사를 받는다. 피 검사에서 에이즈에 걸린 아이들도 나온다. 임신 테스트도 한다. 유화 언니는 자기가 임신한 사실을 여기서 알게 되었다. 언니는 하루 종일 울었다. 옷은 정해진 것으로 갈아입는다.

검사가 끝나면 방으로 들어가는데 열여섯 살 이하와 이상으로 나누어진다. 방은 신입방, 본방, 재범방이 있다. 나는 그날 오후 7시에 신입 3반으로 들어갔다. 방에 들어가면 지켜야 할 사항들을 열 번씩 쓴다. 규칙을 어기면 기간이 연장되니까 쓰면서 되새기라는 일종의 경고다.

복도에는 밤새도록 불이 켜져 있다. 방에 있는 형광등이 꺼지는 동시에 벽에 붙어 있는 스피커 전원이 켜진다. 연결된 인터폰도 여전히 빨간불이다. 만약 누워서 떠들면 스피커에서 들려오는 대로 해야 한다. 이불 위에서 10분 정도 정좌하거나, 태도가 더 안 좋으면 손들고 서 있으라고 한다. CCTV는 각 방은 물론이고 복도, 식당 등 우리가 움직이는 곳에는 다 있다.

기상은 아침 6시 30분, 세면실은 릴레이로 간다. 3반이 갔다 오면 그 다음 4반이 가는 식이다. 아침밥은 7시 10분에 먹는다. 밥을 먹기 위해 복장을 단정히 하고 여자아이들은 머리를 묶는다. 밥을 먹기 전에는 항상 차례대로 앉으면서 번호를 외친다. 숫자를 확인하기 위해서다. 앉았다 일어났다를 안 하면 끝까지 하거나, 무릎 꿇고 30분 동안 반성하게 한다. 식사 시간은 7시 40분까지다. 50분부터는 남자아이들이 먹는다. 식사 끝에 선생님들이 잠깐 연설을 하고 그날 일정에 대해 알려준다. 양치질을 한 뒤에는 각자 방에 들어가 정좌를 하고 가만히 있는다. 스피커에서 편안한 자세로 있으라 하면 그때 양쪽 다리만 펼 수 있다. 바닥에서 올라오는 냉기는 참아야 한다.

오전은 이렇게 밥 먹고 방에 들어갔다가 교육장에서 책을 읽으며 보낸다. 점심 때도 밥 먹고 양치하고 조금 쉬었다가 교육장에 올라가서 또 책을 읽고 TV를 본다. TV는 사무실에서 틀어준다. 교육장 CCTV에도 나의 행동이 기록되고 주변에 선생님이 늘 계신다.

목요일에는 '푸름이 방송'이라는 게 있다. 컬투쇼 형식으로 진행하는데 노래와 함께 각 지역 소년원과 분류심사원에서 보낸 편지와 사연을 들려준다. 또 여기를 거쳐 간 사람 중 성공한 이들의 다큐멘터리도 보여준다. 일요일에는 종교집회가 있고, 월요일에는 주부집회가 있다. 봉사 엄마들이 와서 기도해주고 찬송가를 불러준다.

점심식사 후 어떤 날은 앞으로 보호처분을 어떻게 받게 되는지 개인적으로 알려주기도 한다. 또 우리 전체를 대상으로 대강당에서 변호사가 법에 대해 알려줄 때도 있다. 우리는 그럴 때만 잠시 집중하고 반응을 보인다. 대강당에 모일 때면 남자들은 뒤쪽에, 여자들은 앞쪽에 앉는다. 여자들은 뒤를 돌아보면서 남자애들에게 막 욕을 한다. 여기서 하는 말은 대부분이 욕이다. 서로 안면이 있으면 "야, 누구야." 하면서 또 욕을 한다. 남자들은 "누구 예쁘다." 하고 외치고 "나 내일 나간다."라며 소리를 지른다.

우리는 모두 이름표를 달고 있다. 뒷면에는 꾸중마크 칸과 칭찬마크 칸이 있다. 면회 시간은 보통 15분인데, 만약 칭찬마크가 다섯 개면 한 시간을 준다. 꾸중마크는 세 개를 받으면 혼자서 샤워실, 화장실, 교육장 청소를 해야 한다. 다섯 개면 선생님이 특별교육을 한다.

여기서도 정신을 못 차리는 아이들은 재판이 끝나면 당연히 집으로 돌아갈 수 있다고 착각한다. 그래서 초반에만 규칙을 지키다가 본

방에 가면 다른 애들 무릎을 베고 누워 있거나 벽에 삐딱하게 기대어 있다. 방송으로 선생님이 "일어나! 일어나!" 해도 꿈쩍하지 않는다. 내 몸인데 왜 눕지도 못하게 하냐며 사무실로 따지러 가기도 한다. 일부러 누가 들으라는 듯 큰소리로 "여기 나가면 이 사람들하고는 평생 볼 일 없어.", "난 재판받고 나가면 끝이야."라고 말한다. 계속 규칙을 어기고 선생님께 대들면 독방으로 간다. 독방에서도 소리 지르고 선생님께 폭력을 쓰면 밧줄로 묶인다.

이상한 언니도 있었다. 선생님과 늘 싸우고 소리를 질렀다. 만날 누워 있고 간식도 빼앗아 먹고, 밥 먹을 때도 맛있는 거 나오면 얼른 더 먹었다. 담배를 피우지 못하니까 연필을 잡고 담배 피우는 흉내를 내기도 하고, 빨대 속에 치약을 짜 넣어 담배 피우는 시늉을 하기도 한다. 본드를 했던 아이들은 빵 봉투에 치약을 짜 넣고서 숨을 들이마신다. 또 하루에 한 번씩 의무과에 가서 허리에 바르는 파스를 받아 온 다음 손에 비벼 냄새를 맡는다.

운동장은 여자와 남자 생활관 사이에 있다. 여자 생활관 쪽에는 남자 생활관이 보이는 창문이 하나 있다. 남자아이들이 축구를 하고 있으면 여자아이들이 창문 밖으로 소리를 지른다. 양쪽 건물 사이의 운동장에서 빠져나가지 못한 소리는 메아리가 되어 울렸다. 난 그 메아리 소리가 늘 이렇게 들렸다.

"나, 외로워."

"나, 슬퍼."

"나, 외로워."

친구야!

나는 이 글을 쓰면서 다시 한 번 그때를 되돌아보았어. 그해 12월 20일 분류심사원에 가기 전, 나는 보호관찰소에 먼저 가야 했어. 1년 동안 보호관찰 대상자임에도 불구하고 계속 사고를 치고 다녔거든. 더 이상 오도 가도 못하는 신세가 되어 보호관찰소로 향하게 됐을 때 발걸음이 쉽게 떨어지지 않았어. 앞으로 벌어질 일들이 너무 무서워서 온몸이 다 긴장됐어. 그때 핸드폰이 울렸어. 아빠였는데 그저 빨리 가보라는 말뿐이었어. 그래도 아빠랑 통화를 하고 나니 그나마 마음이 좀 편해졌어. 나는 보호관찰소에 도착하자마자 담당 선생님을 찾았어.

"잘 왔다. 소지품 다 꺼내놓고 저기에 앉아 있어라."

나는 아무런 대답 없이 소지품을 꺼내놓고 의자에 앉았어. 잠시 후에 내 손목에는 차가운 수갑이 채워지고 손과 허리는 포승줄로 묶였어. 난 그제야 현실을 인정하게 되었어. 자유를 마음껏 누리던 난 포승줄과 수갑에 점령당한 채 화장실을 갈 때도 선생님 팔에 이끌려 가야 했어. 나는 의자에 앉아서 그동안 어디서 무엇을 하며 지냈는지 조사를 받고 선생님과 이야기하는 시간을 가졌어. 계속 울다가 지쳐서 그랬는지 의자에 앉은 채 깜박 잠이 들었어.

"지수야, 일어나서 밥 먹어라."

선생님은 중국집에서 짬뽕을 시켜 내 앞에 놔주셨어. 김이 모락모락 나는 짬뽕이 정말 맛있어 보였지만 먹기가 싫었어. 그래도 먹어보겠다는 의지로 한 젓가락 입에 넣었지만 도대체 넘어가질 않았어. 분명히 아무것도 먹지 않았는데 속이 꽉 막힌 느낌이었어. 선생님께서 "왜 안 먹니?"라고 걱정스레 물었어. 나는 아무 대답 없이 고개만 저었어.

얼마나 시간이 지났을까. 두 분 선생님이 양쪽에서 내 팔을 끼고 지하주차장으로 데리고 갔어. 나는 차에 올라탔어. 잠깐의 침묵 뒤에 한 선생님이 "아빠에게 전화해봐라." 하면서 내 손에 휴대폰을 쥐어주었어. 포승줄에 묶이고 수갑을 찬 채 어렵게 휴대폰 번호를 눌렀어. 아빠는 금방이라도 울 것 같은 목소리로 미안하다고 했어. 나는 "아니야 아빠, 내가 더 미안해." 하고 대답했어. 우리 두 사람은 계속 울었어. "아빠, 나 지금 분류심사원으로 가고 있어." 하자 아빠는 면회 때 오신다고 하셨어. 면회라는 단어와 아빠가 우는 소리를 들으니 참으려던 눈물이 또 쏟아져 나왔어. 통화를 끝내고도 계속 주체할 수 없이 눈물이 쏟아졌어.

한참을 울다가 분류심사원에 도착했어. 선생님이 오른쪽 초인종을 누르자 안에서 사람이 나와 지문을 찍고 굳게 닫힌 철문을 열었어. 안으로 들어가고 나서야 나를 점령했던 수갑과 포승줄이 풀렸어. 구석마다 나를 감시하는 CCTV와 이동하고 움직이라고 명령하는 스피커 소리……. 정말 답답했고 시간이 갈수록 암울해졌어.

친구야!

다음 날 아빠가 면회 왔다는 소리를 듣고 선생님의 지시에 따라 움직였어. 지문인식을 해야 나갈 수 있는 두 개의 문을 통과한 후 아빠와 대면할 수 있었어. 우리는 서로 보자마자 그저 울기에 바빴어. 15분이라는 짧은 면회 시간이 더욱 더 짧게 느껴졌어. 아빠는 가지고 온 빵과 과자, 음료수를 바쁘게 까줬어.

"이제 5분 남았습니다."

나는 아빠 손을 꽉 잡으며 말했어.

"아빠, 정말 미안해. 정말……."

"아니야, 우리 딸 아프지 말고 씩씩하게 있어야 해."

나는 울고 있는 모습을 아빠에게 들키고 싶지 않아 뒤돌아보지 않았어. 정면의 철문만 보고 걸어갔어.

분류심사원에서 4주를 보내고 1월, 수원지방법원으로 향했어. 다시 손목에 수갑이 채워졌어. 법원에 도착한 후 나는 까치방에서 재판 차례를 기다렸어. 기다리는 내내 긴장이 되어 미쳐버릴 것 같았어. 긴 시간 뒤에 내 차례가 되어 판사님이 계시는 법정 안으로 들어갔어.

친구야!

너에게 꼭 하고 싶은 말이 있어. 이 글을 쓴 이유도 오직 그거야. 넌 절대 이런 경험을 하면 안 돼. 뭐든 다 해도 좋아. 마음껏 놀아도 괜찮아. 다만 죄가 되지 않는 한도 내에서 해야 돼. 죄만은 짓지 마. 죄를 지으면 나처럼 사람이 죽을 때까지 가지 말아야 할 곳을 가게 되고, 하지 않아야 될 경험을 하게 돼. 부탁이야.

"뭐든 다 해도 좋아.
마음껏 놀아도 괜찮아.
다만 죄가 되지 않는 한도 내에서 해야 돼.
죄만은 짓지 마.
죄를 지으면 나처럼 사람이 죽을 때까지
가지 말아야 할 곳을 가게 되고,
하지 않아야 될 경험을 하게 돼.
부탁이야."

오늘이 비록 그늘이어도

따뜻한 햇볕을 체험하지 못한 사람은
그늘에 앉아 있어도 햇볕을 그리워하지 않는다.
자신이 머물고 있는 그늘이 세상의 전부인 줄 알기에

아름다운 추억을 마음속에 간직한 사람은
오늘이 비록 그늘이어도
언젠가 또 따뜻한 햇살이 나를 비출 것을 희망한다.

우리는 모두 사랑의 체험이 필요하고,
힘들 때 꺼내어 위로받을 수 있는 추억이 필요하며,
'난 널 끝까지 포기하지 않고 사랑한다.'라고 말해줄
그 한 사람이 필요하다.

집이란
무엇일까

집을 나온 지 일주일 되던 아침, 나는 같은 처지의 친구들이랑 동네 놀이터로 갈 계획이었다. 건널목에서 푸른 신호등이 켜지길 기다리고 있는데 내 눈에 엄마가 보였다. 맞은편에 서 있는 엄마는 슬리퍼에 이상한 바지를 입고 있었고 머리는 온통 산발이었다. 엄마도 날 알아봤다. 횡단보도를 반쯤 건넜을 때 엄마가 내 팔을 잡았다.

"수연아, 집에 가서 얘기 좀 하자."

난 엄마의 손을 뿌리치며 말했다.

"왜 그래요, 누구세요? 누군데 참견이에요. 놔요."

엄마는 나에게 미안하다고 말했다. 나는 무시하고 빠른 걸음으로 언덕길을 올라갔다. 친구들이 물었다.

"누구야?"

"모르는 사람이야. 신경 쓰지 마."

"수연아, 수연아."

엄마가 날 계속 불렀다.

"아, 부르지 말라니까……. 내 눈앞에서 사라져!"

그래도 엄마는 따라왔다. 난 언덕 위에 있는 편의점 앞에서 엄청 화를 냈다. 엄마는 아랑곳하지 않고 돈 2만 원을 손에 쥐어주며 말했다.

"안 들어와도 좋으니까 밥은 먹고 다녀. 엄마는 기다릴 테니 언제든 집으로 돌아와."

그런 엄마에게 난 끝까지 화를 냈다.

"뭔데 상관이야? 내 인생 내가 살지, 엄마가 살아줘?"

엄마는 기계체조 선수였다. 한때는 체육 선생님으로 일하기도 했다. 내 앨범 속에는 엄마가 체조하는 모습과 대회에 나가 활동했던 사진들이 있다. 하지만 엄마는 선수 시절 도중에 발목 부상을 당했고 모든 걸 잃었다. 그때부터 엄마는 걸을 때 똑바로 걷지 못한다. 나를 낳고 나서는 당장 일자리가 없어서 공장도 다니고 식당 일도 했다. 엄마는 어렵게 영양사 자격증을 따서 지금은 축구선수단에서 일한다.

엄마는 스무 살 후반에 나를 임신했는데 아빠는 그때쯤 도망갔다고 했다. 외할머니는 내가 세상에 태어나는 걸 반대했다. 산부인과에서도 내가 기형아로 태어날 수도 있고 잘못하면 아이는 살아도 엄마는 죽을 수 있다고 했다. 그러나 엄마는 꼭 낳겠다고 했단다. 목숨을 걸고 나를 낳은 엄마는 내 기저귀 값, 분유 값을 벌기 위해 자동차 부품 공장에 나가 늦은 밤 시간까지 일을 했다. 난 갓난아이 때부터 약 5년 동안 엄마랑 떨어져 외할머니 집에서 자랐다.

어느 날 나를 데리러 온 엄마가 이제부터는 같이 살 거라고 말했다. 잔뜩 신이 난 나는 엄마를 따라갔다. 그렇게 도착한 집에는 어떤 아저씨랑 할머니가 계셨다. 엄마랑 단둘이 살게 될 거라고 생각했던 난 어리둥절했다. 무당이었던 그 할머니는 큰방에서 이상한 돌에다 절을 하고 칼을 휘두르곤 했다. 점을 보러 손님이 찾아올 때면 나는 작은방에 들어가 있어야 했다. 난 어렸지만 어떻게 해서라도 이 집에서 나가야겠다고 생각하고 아저씨 딸인 동생 민희를 괴롭히기 시작했다. '이렇게 하면 엄마랑 내가 이 집에서 쫓겨날 수 있겠지?' 하고선 민희를 꼬집기도 하고 내가 해야 할 일도 동생에게 다 시켰다. 그래도 쫓겨나지 않아서 나중에는 밥을 먹지 않고 굶었다. 한 달쯤 지났을까, 엄마가 무당 할머니에게 따로 나가 살겠다고 말했다. 나는 엄마랑 단둘이 나가는 줄 알았는데 그게 아니었다. 그래도 무당 할머니 집을 벗어나는 것만으로도 엄청 좋았다. 우리는 방 하나에 거실이 있는 집으로 이사를 갔다. 나랑 민희랑 방에서 자고 엄마와 새아빠는 거실에서 잤다.

새아빠는 몸에 문신이 많고 핸드폰도 네다섯 개나 가지고 다녔다. 또 돈이 엄청 많이 든 가방을 가지고 다녔다. 새아빠는 하루가 멀다 하고 술을 먹고 새벽에 들어와 엄마랑 싸웠다. 일곱 살 때 어느 날 새아빠가 물건을 집어 던지고 TV도 깨부순 뒤 집을 나갔다. 나는 엄마한테 지금이라도 외할머니네로 가자고 애원했지만 엄마는 아직 새아빠랑 헤어질 맘이 없다고 했다. 그 후 한 달도 안 되어 두 사람은 또 싸웠다. 급기야 새아빠가 휘두른 칼이 엄마 얼굴에 굉장히 큰 상처를 냈다. 나는 힘도 없고 비쩍 마른 꼬맹이였지만 엄마가 죽을 것 같아서 경찰에 신고를 했다.

엄마는 이혼 서류를 썼다. 우리 둘은 원룸에 들어갔다. 방은 이불 하나 깔 정도로 좁았지만 엄마랑 단둘이 있는 것만으로 꿈만 같았다. 새아빠의 담배 냄새도 없으니 좋았다. 유치원에 가면 아이들이 내 옷에서 이상한 냄새가 난다고 놀리곤 했으니까.

초등학교에 입학했다. 2학년 때까지는 아무 문제가 없었다. 그러다가 어느 날 같은 반 은지가 "아빠도 없는 게." 하면서 욕을 했다. 나는 화가 나서 책상을 발로 여러 번 찼다. 선생님이 말리는데도 너무 분한 마음에 은지한테 네가 뭘 안다고 그런 말을 하느냐며 따졌다.

"우리 엄마가 그랬어."

"너네 엄마가 나 알아?"

계속 싸우다가 우리 둘은 교장실로 가게 되었다. 교장 선생님은 날 보고 더 이상 학교에 있으면 안 되겠다며 다른 데로 전학을 가라고 했다. 엄마가 학교에 와서 "그게 왜 전학까지 갈 일이에요? 지난 2년 간 얘가 뭘 잘못한 게 있나요?" 하고 따졌지만 교장 선생님은 엄마 말을 무시했다. 결국 일주일도 안 되어 우리는 다른 동네로 이사를 가야 했다. 아빠가 없다는 놀림을 받고 전학까지 당한 나는 충격을 받았다. 난 아빠 없는 애들도 크게 성장할 수 있다는 걸 보여주고자 지역아동센터에 다니면서 열심히 공부했다.

민선이는 전학 간 학교에서 4학년 때 만났다. 짝꿍이고 공부도 잘해서 나랑 잘 맞았다. 나는 반에서 2등이었고 민선이는 항상 1등이었다. 그러다 내가 공부를 꾸준히 한 결과 2학기 때는 4학년 전체에서 1등을 했다. 처음으로 나에게 밀린 민선이는 그날부터 나와 말을 안 했다. 난 민선이 말고는 친구가 없었다. 사교성 좋은 내가 왜 그랬을까? 이유가 있다. 이전 학교에서 아빠가 없다는 모욕을 받은 후부터 나는 친구를 사귀는 게 두려웠다. 말도 조심해야 할 것 같았고, 우리 집을 무조건 숨기고 싶었다.

어느 학교든 삐딱하게 구는 애가 한 명쯤은 있다. 민선이 없이 혼자 다니는 나에게 말을 건 하영이가 그런 애였다. 활발한 성격인 그 애랑 나는 금방 마음이 통했다. 하영이네 부모님은 맞벌이를 하셔서 늘 바빴다. 나는 하영이가 알고 지내는 친구들이랑 어울려 다녔다. 그 애와 어울려 노는 시간이 많아지자 거짓말이 늘었다. 엄마한테는 학원에서 늦게 끝나니까 데리러 오지 말라고 하고, 학원에는 엄마가 아파서 못 간다고 했다. 그러던 어느 날 피시방에서 엄마한테 머리끄덩이를 잡혔다. 그렇게 화가 난 엄마 모습은 처음 봤다. 엄마는 나를 집으로 끌고 오더니 도대체 갑자기 왜 이러느냐고 물었다. 나는 공부 때문에 스트레스 받아서 애들이랑 노는 거라고 했다. 엄마한테 내 복잡한 속마음을 솔직하게 말할 수 없었다. 나는 다시 공부를 시작했지만 엄마는 나 때문에 속이 상하셨는지 밖에서 술을 마시고 늦게 들어오는 일이 점점 많았다. 그럴수록 반항심이 커졌다. 어린 나는 그래도 되지만 엄마는 절대 그러면 안 된다고 생각했다.

중학교에 입학했다. 하영이를 통해 지나 언니를 만났다. 언니는 중학교 2학년이었다. 우리 셋은 계속 어울려 다녔다. 지나 언니가 어느 날 밤에 같이 술을 먹자며 집에서 나오라고 했다. 망설이는 나에게 "우리만 믿고 나오면 돼. 수연이 네가 술을 안 먹어봐서 몰라. 진짜 맛있어. 빨리 나와." 하며 부추겼다.

나는 옷가지를 챙겨서 언니만 믿고 집을 나왔다.

친구야!

오늘도 혼자 밥 먹고 있구나. 쓸쓸하지? 난 잘 알아, 너의 심정……. 난 집이 아니라 고아원에서 사는 것 같았어. 그런 내 마음을 엄마한테는 표현하지 못했어.

친구야!

나처럼 비행한 아이들을 보면 집에 아빠 혹은 엄마만 있거나 아니면 부모님이 맞벌이를 해서 집에 어른이 없는 경우가 많았어. 그러면 그 집은 비행의 아지트가 됐어. 어른들은 우리를 위해서 돈 벌러 다닌다고 하는데 난 잘 모르겠어. 진정 우리한테 가장 필요한 게 뭘까? 난 면회 온 엄마한테 얘기했어. 우리 집이 더 좁아지든, 망하든, 내가 학원을 못 다니든, 나한테 진짜 필요한 건 엄마 냄새가 있는 집이라고.

아빠가 없는 친구야!

너도 그랬을 거야. 친구들 핸드폰에서 아빠랑 찍은 사진을 볼 때, 가족여행 간다고 좋아할 때, 참 마음이 그랬지? 우린 아닌 척, 안 그런 척하고 지냈을 뿐이야.

난 집을 나온 뒤 같이 어울려 지내던 지나 언니네 집에서 일주일 정도 있었어. 하루는 지나 할머니가 화를 내시더라.

"저 애는 왜 자기 집에 안 가니? 쟨 집도 없어?"

이렇게 되면 집 나온 아이들이 옮겨 다니는 패턴은 거의 비슷해. 처음에는 친구 집, 그 다음은 찜질방이나 모텔……. 하지만 어디든 오래 머물긴 어려워. 거기다 돈은 없고. 그러다 결국 유혹에 빠지게 돼. 혼자가 아니라 같이 해. 처지가 비슷하니까 친할 것 같지? 절대 아니야. 그들과 난 단지 공범이지 친구가 아니야. 나쁜 짓 할 때만 이어지는 관계일 뿐이야. 난 그걸 깨닫고 한 달 만에 다시 집으로 돌아왔어.

친구야!

내가 다시 집으로 돌아오게 된 계기가 있었어. 두 번 다시 생각하고 싶지 않지만 너에게는 솔직하게 말할게. 어느 날 오후였어. 난 두 시간 넘게 지나 언니, 오빠 두 명이랑 차 안에 앉아 있었어. 스무 살이 넘은 그 오빠들은 지나 언니가 가끔씩 데리고 와서 우리랑 같이 놀곤 했어. 그날은 그들이 어떤 여자아이를 성매매 하러 보낸 후 차 안에서 기다리고 있던 거였어. 그 사실을 전혀 몰랐던 나는 너무 지루해서 "왜 안 가? 빨리 가자." 하고 하품을 하면서 짜증을 냈어. 그때 경찰이 우리 차 쪽으로 다가왔어. 성매매 보낸 여자애가 경찰에 신고를 한 거야. 운전석에 있던 오빠는 잽싸게 도망치고 나머지 우리들은 경찰서에 가서 핸드폰을 모두 압수당했어.

나를 조사한 경찰 아저씨가 지나 언니랑 오빠들이 주고받은 문자를 내게 보여주었어.

"얘 집 나왔으니까 시키는 대로 할 거야."

"언제 되는데?"

"조금 있으면 시킬 수 있어."

"알았어."

"넘겨주면 얼마 줄 거야?"

내 눈으로 확인하고도 도저히 믿기지 않았지만 사실이었어. '나는 그들을 끝까지 믿고 집을 나와서 갖고 있던 돈도 다 맡기고 하라는 대로 했는데…… 나를 이용하려고 같이 있었던 거구나.' 난 배신감에 화가 나고 서러웠어. 그땐 정말 눈물밖에 안 나더라. 그리고 엄마 생각이 났어. 내가 그렇게 냉정하게 밀쳐냈던 엄마 생각이 그제야 나더라고. 그렇게 집으로 돌아와서 엄마가 차려준 밥을 먹는데 목이 메어 또 한참을 울었어.

친구야!

우리에게 집이란 무엇일까? 아빠가 안 계시고, 엄마는 일하다 매일 늦게 들어오는 집이라 할지라도, 아무리 허름하고 볼품없어서 들어가기 싫은 집이라도, 나와서 보니 집은 나를 지켜주는 울타리였어. 세상에 모든 사람들, 어른 아이 할 것 없이 집이 필요 없는 사람이 있을까? 만약에 정말 집에 머물 수 없는 상황이라면 그땐 널 보호해줄 어른이 있는 곳을 찾아가야 돼. 거리는 울타리가 없는 청소년을 그냥 놔두지 않아. 우리 같은 여자아이는 더더욱 말이야…….

그 집을 찾아……

새들도 훨~훨~ 자유롭게 날다 저녁이 되면
어미가 가지를 물어다 만들어놓은
따스한 둥지로 돌아가고

빗방울도 대지와 촉촉이 입맞춤한
황홀한 만남의 아쉬움을 뒤로한 채
하늘 위 구름에게 돌아간다.

모든 존재는
그 누군가의 사랑으로 덥힌
마음을 뉘일 수 있는 집으로 돌아가고 싶다.

'진심'의 벽돌로 신뢰의 벽을 쌓고
'이해의 눈길'로 용서의 지붕을 덮고
'사랑의 기다림'으로 언제나 문을 열어놓은

오늘도 우리 아이들은

길 위를 헤맨다.

그 집을 찾아……

괜찮아,
인생의 비를
일찍 맞았을
뿐이야

괜찮아, 인생의 비를 일찍 맞았을 뿐이야

초판 1쇄 발행 2016년 5월 6일
초판 8쇄 발행 2021년 11월 15일

지은이 김인숙 남민영
펴낸이 이상훈
편집인 김수영
본부장 정진항
편집1팀 이윤주 김진주
마케팅 김한성 조재성 박신영 조은별 김효진
경영지원 정혜진 이송이

펴낸 곳 (주)한겨레엔 www.hanibook.co.kr
등록 2006년 1월 4일 제313-2006-00003호
주소 서울시 마포구 창전로 70 (신수동) 화수목빌딩 5층
전화 02) 6383-1602~3 **팩스** 02) 6383-1610
대표메일 happylife@hanien.co.kr

ISBN 978-89-8431-977-6 43810

• 책값은 뒤표지에 있습니다.
• 파본은 구입하신 서점에서 바꾸어 드립니다.